J'AI ÉPOUSÉ WONJIN

Une Nouvelle de l'Agence Prime

RÉGINE ABEL

TABLE DES MATIÈRES

Chapitre 1   1

Chapitre 2   15

Chapitre 3   30

Chapitre 4   50

Chapitre 5   69

Chapitre 6   77

Épilogue   93

Du même auteur   113

À propos de Régine   117

J'AI ÉPOUSÉ WONJIN

Elle le craignait autrefois, mais elle ne peut plus lui résister.

Après des décennies de violence, la guerre opposant la colonie humaine de Cibbos à la tribu des Yurus est enfin terminée. Lara ne s'attendait pas à ce que la paix entre leurs espèces conduise à une relation romantique avec l'un de leurs anciens ennemis. Ressemblant à un croisement entre un orque et un minotaure, Wonjin ne correspond en rien à l'image que Lara s'était faite d'un partenaire potentiel. Pourtant, elle ne peut nier l'attirance qu'elle éprouve.

Lorsqu'il passe enfin à l'action, comment peut-elle refuser cette montagne de muscles grincheuse et câline, avec la fourrure la plus pelucheuse et les oreilles les plus mignonnes ?

DÉDICACE

À ceux qui croient que l'amour est la réunion de deux âmes destinées l'une à l'autre, indépendamment de la race, de la culture, du sexe, de la religion, de l'apparence et de toutes les autres barrières que la société veut imposer à ses citoyens. Aimez librement, aimez pleinement et profitez de chaque instant. La vie est trop courte pour la gâcher en essayant de plaire aux autres au lieu d'accepter qui nous sommes.

CHAPITRE 1
WONJIN

Le Zelconien tourna autour du speeder de Rihanna avec une fascination non dissimulée. C'était étrange de se trouver si près d'un des oiseaux de manière pacifique. Malgré la trêve entre les humains, les Zelconiens et mon peuple, les Yurus, nous ne nous côtoyions pas beaucoup. Après tout, les oiseaux descendaient rarement de leurs montagnes.

Le conseiller Dakas était l'exception, puisqu'il avait épousé la médecin humaine Luana, qui continuait à travailler dans la colonie. Il agita ses ailes bleu nuit en s'accroupissant devant le speeder. Ses yeux surdimensionnés, dépourvus de pupilles et d'iris mais remplis d'une mer d'étoiles, examinèrent le véhicule. Les plumes or et bleu foncé de sa crête projetaient une ombre sur son visage, rendant plus difficile la lecture de ses pensées pendant que Rihanna lui montrait le speeder.

Son énergie et son enthousiasme ne cessaient de me surprendre. Lorsque le Grand Chef Zatruk l'avait amenée pour la première fois à Mutarak pour en faire sa compagne, j'avais ri de ce que je croyais être une plaisanterie. Nous savions tous qu'il avait accepté d'épouser une humaine par l'intermédiaire de l'Agence Prime. Jamais aucun d'entre nous n'aurait imaginé que ce serait avec une si petite femelle. Zatruk était une véritable bête, le plus puissant et le plus redoutable d'entre nous. Comparée à lui, Rihanna avait à peine l'air d'une enfant.

Mais j'avais appris à mes dépens à ne pas me laisser tromper par sa petite taille et son apparence fragile. L'esprit de Rihanna était aussi incisif que sa langue, et c'était une combattante accomplie et rusée : la conjointe parfaite pour notre leader. Et elle m'avait choisi pour la protéger pendant qu'elle visitait la colonie humaine – un grand honneur. Je prenais ce rôle très au sérieux, gardant un œil sur les humains qui rôdaient autour de nous pour nous espionner, tout en prêtant attention à ce que Rihanna disait à propos du speeder. J'avais hâte d'en savoir plus sur la technologie des étrangers.

Je me tendis lorsqu'une femme humaine s'approcha rapidement, prêt à protéger ma maîtresse de clan. Mais mon cerveau cessa de fonctionner après avoir jeté un seul coup d'œil à la femme. Elle avait entre vingt et trente ans, était mince et mesurait environ 1,80 m. Elle était à couper le souffle. Des cheveux brun foncé jusqu'aux épaules, presque de la même couleur que ses magnifiques yeux, une belle paire de lèvres pulpeuses et un menton pointu, tout en elle m'interpellait. D'après ce que j'avais lu sur les humains, elle devait être considérée comme une Asiatique de l'Est, alors que Rihanna était africaine. Mais dans mon esprit, elle était tout simplement à moi.

— Bonjour, dit-elle en s'arrêtant près de nous. Je m'appelle Lara.

Lara…

Sa voix légèrement rauque glissa sur ma peau comme une chaude brise d'été. Je voulais dire son nom à voix haute, encore et encore, le goûter sur ma langue, le sentir sur mes lèvres. Elle était l'ingénieure humaine censée venir nous aider.

— C'est un plaisir de te rencontrer, dit Rihanna en souriant. Voici mon ami, Wonjin.

Ma peau se réchauffa, mes poils se hérissèrent et mon

estomac se noua lorsque son regard sombre se posa sur moi. Je restai figé, mes lèvres s'écartant pour prononcer un salut, mais aucun mot n'en sortit. La panique me gagna tandis que je la dévisageais comme un idiot. Pour ajouter à ma mortification, mes saletés d'oreilles se mirent à battre comme les ailes d'un oiseau qui se lave dans un bassin. Ces satanées choses faisaient toujours cela lorsque je me sentais gêné. C'était un trait commun aux Yurus, mais mes oreilles continuaient à battre sans fin.

— Bonjour, répondit Lara.

Elle m'accorda à peine un regard, m'écartant immédiatement de ses pensées pour concentrer son attention sur le speeder.

Cela me blessa profondément.

Mais pourquoi me serais-je attendu à autre chose ? Selon les normes humaines, nous étions des créatures enragées, à peine civilisées. Mes pairs me décrivaient comme raisonnablement attirant. Pour elle, je ressemblais sans aucun doute à la bête mythique des anciens humains appelée Minotaure, ce qui ne correspondait pas exactement à leur définition de la beauté.

Encore trop figé pour répondre, même par un simple grognement, je fixai Lara qui bouscula presque Dakas pour pouvoir observer la moto de plus près. Il gloussa et s'éloigna en s'excusant de manière enjouée.

Les yeux rivés sur Lara, je déglutis péniblement sous l'effet de la jalousie illogique qui m'envahit lorsqu'elle passa une main sur le nez du speeder dans une caresse presque révérencieuse. Alors que je me reprochais cette nouvelle réaction absurde, la forte impression d'être observé me fit tourner la tête vers la droite.

Mon cœur rata un battement, la honte et la colère m'envahissant lorsque je découvris Dakas en train d'examiner mes traits. Nos regards se croisèrent et je fermai la bouche, encore béante, l'humiliation me brûlant les tripes. Le Zelconien pencha la tête sur le côté d'une manière étrangement similaire à celle des oiseaux, tandis qu'il étudiait ma réaction. Les membres de son espèce étaient de puissants empathes. Il avait perçu absolument tout de l'effet qu'avait sur moi la présence de Lara.

Ma peau brune s'assombrit et mes oreilles, trois fois maudites, se remirent à frétiller. J'aurais pu mourir d'embarras d'être ainsi exposé, surpris en train de saliver devant une humaine. Je détournai les yeux, souhaitant pouvoir activer mon bouclier furtif et disparaître.

— Quel semble être le problème ? demanda Lara.

— Il n'y a pas de problème avec celui-ci, répondit Rihanna en s'approchant de son speeder. Nous en construisons plusieurs comme celui-ci et nous avons des problèmes de performance avec le moteur. Nous espérions qu'une nouvelle paire d'yeux pourrait aider nos ingénieures à résoudre ce problème. Nos nouveaux modèles volent de la même façon que le mien, mais ils ne peuvent pas atteindre la même vitesse et la même réactivité.

— Peux-tu nous montrer les performances de celui-ci ? demanda Dakas.

— Bien sûr !

Malgré mon agacement envers moi-même, j'observai avec beaucoup d'admiration – et de fierté – notre maîtresse de clan enfourcher sa moto aéroplane et la faire voler autour de la place vide de la colonie humaine, juste devant la clinique médicale où nous venions de rendre visite à Luana, la conjointe de Dakas. Malgré l'espace limité, Rihanna atteignit des vitesses phénoménales, en particulier lorsqu'elle fit voler le speeder jusqu'à sa hauteur maximale de douze mètres. Lorsqu'elle se posa, Lara était folle d'excitation.

— C'est tellement incroyable ! murmura-t-elle, fixant le speeder comme si c'était la plus grande merveille de l'univers.

Une fois de plus, je me reprochai silencieusement d'être agacé par le fait que cet amas de métal suscite une telle admiration chez Lara alors que ma présence la laissait complètement indifférente.

— C'est assez impressionnant, concéda Dakas. Aurais-tu pu aller plus haut que là où tu as volé ?

Rihanna secoua la tête.

— Non, les speeders ne sont pas vraiment conçus pour voler aussi haut. Ils sont faits pour planer au-dessus d'une surface. Dix à douze mètres au-dessus du sol, c'est le maximum. Mais il ne faut pas rester trop longtemps à ces hauteurs. Cela peut devenir dangereux.

Je fis abstraction du reste de leur conversation, trop occupé à dévisager Lara tandis qu'elle continuait à tripoter le speeder. Quel effet des mains si petites et si délicates auraient-elles sur ma fourrure ? Sur ma peau ? Quelle serait la douceur de ses cheveux si j'y glissais mes doigts ?

Le fait que Lara redresse soudain la tête pour regarder Rihanna me fit sursauter.

— Si c'est bon, je voudrais également venir, dit Lara avec enthousiasme. J'aimerais jeter un coup d'œil à ces autres speeders et voir si je peux aider, bien que je ne fasse aucune promesse.

Déconcerté, il me fallut une seconde pour réaliser que Dakas et Lara allaient tous deux nous accompagner à Mutarak. Je me maudis intérieurement de ne pas avoir prêté attention à leur conversation, comme un protecteur aurait dû le faire.

— Merveilleux ! Tu peux monter sur mon speeder avec moi si tu veux, proposa Rihanna.

Lara poussa un cri d'excitation.

Même si je me réjouissais qu'elle reste avec nous un peu plus longtemps, je ne pouvais pas m'empêcher de ressentir une grande tristesse en la voyant s'installer derrière Rihanna sur son speeder. Elle passa ses bras graciles autour de la taille de ma maîtresse de clan. Je souhaitai aussitôt que ce soit moi qu'elle tienne ainsi. Poussant un soupir, je montai sur le dos de mon krogi nommé Cilo. Nous fîmes nos adieux à Luana et retournâmes à Mutarak,

Dakas volant au-dessus de nos têtes, Lara et Rihanna en tête sur leur speeder, et moi derrière sur ma bête.

À peine un quart d'heure plus tard, nous entrâmes dans le village. Rihanna l'ayant prévenu de l'arrivée de nos visiteurs, le Grand Chef Zatruk nous attendait déjà sur la grand-place. Légèrement plus imposant que moi, avec sa fourrure d'un blanc immaculé, ses yeux d'un rouge éclatant et ses immenses cornes blanches aux extrémités noires, notre chef de clan avait l'air aussi redoutable que mortel. Contrastant fortement avec sa puissance brute, ma mère Jerdéa se tenait à ses côtés. Grande et mince, elle était l'incarnation de la grâce et de la féminité des Yurus. Et en ce moment même, elle vibrait d'excitation. En tant que scientifique en chef de notre clan, pouvoir enfin converser avec d'autres ingénieurs d'espèces technologiquement plus avancées était un rêve devenu réalité.

Alors que nous réduisions la distance qui nous séparait d'eux, je poussai mon krogi pour que nous arrivions les premiers. Je sautai en bas de Cilo en pleine foulée et me précipitai vers Rihanna alors même qu'elle s'arrêtait. Même si elle n'avait manifestement pas besoin de mon aide, je tendis la main à Lara pour l'aider à descendre du speeder. J'avais agi par instinct, mais je craignais maintenant l'humiliation publique de son rejet potentiel. Elle sembla abasourdie par ce geste inattendu. À mon grand soulagement, elle accepta ma main et y plaça la sienne.

Ancêtres !

Elle était si douce, si chaude... Un étrange mélange de possessivité et d'instinct de protection m'envahit. Mais avant que je ne puisse pleinement savourer son contact, Lara lâcha ma main sitôt remise sur pieds et se tourna vers Zatruk. Malgré ma déception, je me consolai en me disant qu'elle n'avait pas vu mes stupides oreilles se donner en spectacle une nouvelle fois.

Dakas atterrit à quelques mètres devant Zatruk, au moment même où Rihanna s'approchait de son conjoint. Voir notre redoutable Grand Chef s'adoucir en caressant doucement la joue de sa femelle éveilla en moi une puissante envie. Mon regard se porta sur Lara, mon imagination fertile imaginant une situation similaire entre nous.

— Zatruk, Jerdéa, je vous présente Lara, une ingénieure de Kastan. Elle a accepté de venir jeter un coup d'œil à nos speeders pour voir si elle pouvait aider à résoudre nos problèmes de performance, dis-je. Lara, voici mon mari Zatruk et notre scientifique en chef, Jerdéa.

— C'est un plaisir de t'avoir ici, dit Jerdéa d'une voix pétillante avant de se tourner vers Dakas. Et toi aussi, Conseil... Euh... Dakas.

Je réprimai à peine l'envie de rouler des yeux. Nos femelles trouvaient les Zelconiens plutôt attirants, même si elles ne les avaient vus que de loin. C'était la première fois que l'un d'entre eux mettait les pieds à l'intérieur de Mutarak. Contrairement aux Zelconiens pur-sang, Dakas avait hérité d'une grande partie des traits de son père humain, comme une bouche et un nez au lieu d'un bec, et des pieds et des jambes au lieu de pattes d'oiseau avec des serres. Je comprenais pourquoi elles pouvaient le trouver attirant, malgré sa peau bleutée et les plumes de duvet dorées sur son large torse.

— Nous sommes tous deux impatients de voir ce que vous avez accompli, dit Dakas.

— Oui, tout à fait, répondit Lara. Merci de nous accueillir, ajouta-t-elle, paraissant quelque peu intimidée en regardant Zatruk.

Un autre accès irrationnel de jalousie et d'envie s'enflamma au plus profond de moi à la façon dont elle reconnaissait la présence de Zatruk alors qu'elle m'avait à peine prêté attention. Mais bon, je n'étais qu'un sous-fifre, l'idiot du village aux yeux de bien des gens.

— Ce n'est rien, dit Zatruk avec un sourire poli.

Il fit un geste vers le grand bâtiment encadrant la grand-place au nord.

— Si vous voulez bien me suivre, le centre de recherche est juste là.

Je faillis les suivre avant de me rappeler que je devais encore m'occuper de ma monture.

— Je vais aller garer ton speeder pendant que je mets Cilo dans l'étable, proposai-je.

— Merci. Tu es très gentil, dit Rihanna avec une gratitude sincère.

Elle affirmait que les krogis ressemblaient au bébé d'un dragon et d'un taureau. Même si je pouvais voir la ressemblance avec un taureau dans sa forme générale et son visage, les quelques écailles de la bête ne semblaient pas suffisantes pour justifier le lien avec un dragon. Heureusement, il ne l'effrayait pas et ne semblait pas non plus effrayer Lara. Même si j'admirais les speeders sur lesquels nous travaillions, je préférais de loin chevaucher un krogi. Le fait qu'ils soient de formidables partenaires de combat augmentait leur attrait.

Je ne pus m'empêcher de sourire en regardant Rihanna partir main dans la main avec Zatruk, ma mère et nos invités les suivant jusqu'au centre de recherche situé de l'autre côté de la grand-place. Elle et moi avions eu des débuts difficiles, en grande partie à cause de ma propre stupidité. Depuis, elle avait gagné ma loyauté indéfectible, non seulement par sa gentillesse et son dévouement à sauver mon peuple, mais aussi en obtenant du médecin humain Luana qu'elle me guérisse du handicap qui m'avait accablé toute mon existence.

Après avoir ramené ma bête à l'étable et déposé le speeder de Rihanna dans la forge de Zatruk, je m'empressai de retourner au centre de recherche. C'était l'un des bâtiments les plus imposants du village. De nombreux postes de travail étaient alignés le long des murs du grand espace ouvert. La plupart d'entre eux faisaient face aux immenses fenêtres donnant sur la grand-place. Certains des speeders sur lesquels nous avions travaillé se trouvaient à côté d'un poste de travail, reliés par des câbles à l'ordinateur qui effectuait des tests et des diagnostics sur eux.

Je m'approchai juste au moment où Zatruk finissait de faire les présentations. Une fois de plus, je réprimai l'envie de rouler des yeux en voyant nos femmes ingénieures s'extasier devant Dakas. Une partie de moi voulait se sentir offensée par le fait que nos meilleures et plus brillantes femelles s'enflamment pour un oiseau. Mais les mâles yurus n'impressionnaient pas vraiment par leur intelligence. Ils n'étaient pas bêtes. Beaucoup de mes compagnons de clan avaient en fait la capacité d'être brillants. Mais la rage de sang consumait leur vie. La nécessité de se battre constamment les empêchait de s'investir dans des activités plus intellectuelles.

En jetant un coup d'œil à Dakas, je pouvais voir comment la manière douce et gentille dont il interagissait avec nos femelles le rendait encore plus sympathique à leurs yeux. Cependant, la timidité, presque la gêne, avec laquelle il répondait à tant d'attentions me déconcerta. Les Zelconiens semblaient toujours si froids, si maîtres d'eux-mêmes, si peu émotifs, que je ne m'attendais pas à un tel comportement de sa part.

Ma mère, qui commençait à montrer les speeders à nos invités, attira mon attention.

— Ce sont les trois que nous avons construits jusqu'à présent, dit ma mère en désignant les deux speeders au centre de l'espace, puis le troisième, posé sur le dispositif de test à côté du poste de travail principal.

Mon cœur bondit dans ma poitrine lorsque Lara se dirigea directement vers le speeder bleu. Ses yeux pétillaient d'admiration tandis qu'elle en faisait lentement le tour, le bout de ses doigts effleurant les courbes élancées du châssis.

— Ils sont absolument superbes, dit-elle d'une voix rêveuse. Surtout celui-là. C'est mon préféré.

Une immense vague de fierté m'envahit.

— Merci, dis-je.

Lara redressa brusquement la tête et se retourna pour me regarder, les yeux écarquillés.

— Tu l'as fabriqué ?

Je remuai sur mes sabots, n'arrivant pas à décider si je me sentais plus flatté par son admiration qu'offensé par le choc qu'elle ressentait à l'idée qu'il puisse s'agir de mon travail.

— J'ai forgé le châssis, dit-je, ma stupide voix grincheuse revenant en force.

— Forgé ? Tu as fait ça à la main ? demanda-t-elle avec une expression incrédule sur le visage.

— Oui. Le deuténium n'est pas fait pour les machines. Tu dois écouter le métal et le faire chanter pour le plier à ta volonté, dis-je.

— Wow, tu es vraiment doué, dit Lara, impressionnée.

Ma peau se réchauffa sous le compliment et l'admiration sincère qui émanaient d'elle. Ancêtres, si c'était ce que l'on ressentait lorsqu'on était vu par elle, je ne voulais pas que Lara me quitte des yeux.

— Mon fils est aussi très bon en mathématiques et en physique, dit fièrement ma mère. Wonjin fait la plupart des calculs pour nos bâtiments, juste pour le plaisir.

La mâchoire de Lara tomba en même temps que celle de Rihanna. Les sourcils de Zatruk et de Dakas se soulevèrent. Que les autres ne le sachent pas ne me surprenait pas, mais j'avais pensé que notre Grand Chef aurait été au courant de mes compétences scientifiques, ou du moins qu'il les aurait soupçonnées. Cela dit, lorsque nous étions jeunes, pendant que j'étudiais, il était occupé à se battre. Nourrir mon esprit de connaissances m'avait ouvert les portes d'innombrables possibilités que mon ancienne blessure m'avait interdites.

— C'est juste un hobby, marmonnai-je, me sentant très embarrassé, tandis que Lara posait sur moi un regard neuf. Mais lorsque nous aurons réglé les problèmes de performance du speeder, je pourrai t'en fabriquer un, si tu le souhaites.

Mes propres paroles me surprirent. Je n'avais pas prévu de faire une telle offre. Mais maintenant que je l'avais faite, je me félicitais silencieusement de cette brillante intuition. Lara aimait visiblement les speeders. Au-delà de mon désir de lui faire plaisir, cela me donnerait une excuse pour parler avec elle et lui permettre de me connaître.

— Quoi ?! Oh non ! Je ne peux pas accepter ça, dit Lara, abasourdie.

Je fronçai les sourcils, complètement confus.

— Tu ne souhaites pas en posséder un ?

— Eh bien... euh... en fait, oui. Qui ne le voudrait pas ? Mais je ne peux pas accepter un cadeau aussi dispendieux.

— Ce n'est pas dispendieux. Il s'agit seulement de mon temps et de mes compétences, dis-je, encore plus déconcerté.

— Considère ça comme une compensation pour nous avoir aidés à régler les problèmes de performance, intervint Rihanna.

Lara ouvrit et ferma la bouche à plusieurs reprises avant de jeter un regard impuissant à Dakas. Une nouvelle vague de jalousie se manifesta, et je réprimai à grand peine un grognement menaçant à l'encontre du conseiller zelconien. Il ne méritait pas une telle marque d'agressivité de ma part, mais je détestais que ma femelle lui demande conseil en réponse à un cadeau que je voulais lui offrir. Mais Dakas se contenta de sourire, semblant s'amuser de la situation. Je remuai sur mes sabots, un sentiment d'agacement me parcourant l'échine à l'idée qu'il savait exactement ce que je ressentais. Avec ses yeux remplis d'étoiles, sans pupilles ni iris, je ne pouvais pas dire avec certitude s'il me regardait. Mais mon instinct me disait que c'était le cas. Le retroussement infime de la commissure de ses lèvres semblait le confirmer.

— Je suppose que si je parviens à vous aider, ce serait en effet un échange équitable, concéda-t-elle enfin.

— Alors je vais t'en faire un. C'est réglé, dis-je d'un ton sans appel, ne comprenant toujours pas la cause de sa réticence.

— Très bien, alors, dit Lara, semblant à la fois ravie et légèrement dépassée.

Ancêtres, si elle réagissait de manière aussi irrationnelle lorsqu'on lui donnait l'occasion d'obtenir ce qu'elle voulait, la courtiser allait s'avérer un véritable défi. Mais cela ne m'effrayait pas. Rien de précieux ne se gagnait facilement.

L'air extrêmement satisfaite, ma mère expliqua à Dakas et à Lara quels étaient les problèmes. Une partie de moi aurait aimé qu'elle me laisse aborder les aspects techniques afin que je puisse montrer mes connaissances à Lara. Mais elle n'avait aucune raison de soupçonner mon engouement soudain et, en tant que scientifique en chef, c'était le rôle de ma mère de présenter notre projet.

Malgré cela, j'eus l'occasion de briller lorsque la discussion passa des problèmes de moteur et de programmation à des questions techniques concernant le métal utilisé pour construire les speeders, le processus d'assemblage, la façon dont le moteur interagissait avec le châssis, nos systèmes de chauffage et de refroidissement, ainsi qu'une variété d'autres facteurs techniques. Étant dans mon élément, je répondais rapidement et précisément à toutes les questions qu'ils nous posaient.

J'avais beau vouloir monopoliser la discussion pour impressionner Lara, je me retins et laissai Zatruk faire étalage de ses connaissances de maître forgeron. Même s'il ne l'avait pas planifié, mon Grand Chef avait compris quel cadeau béni sa conjointe nous avait fait en attirant un ingénieur humain et un conseiller zelconien dans notre village. Tout notre avenir dépendait de notre capacité à construire des speeders performants. En montrant à quel point nous étions intelligents et compétents, au lieu des idiots barbares qu'ils croyaient que nous étions, nous pourrions conclure une alliance dont nous avions grand besoin.

À en juger par la lueur de respect dans les yeux de Dakas et la façon dont Lara s'accrochait à chacune de nos paroles, nous avions réussi à les impressionner au-delà de leurs attentes.

— D'après ce que je vois, vous n'avez pas un problème de construction, mais un problème de programmation, dit enfin Dakas en désignant l'écran de l'ordinateur relié au speeder. Vous avez trois systèmes qui envoient des commandes contradictoires pour exécuter leurs sous-programmes respectifs. Individuellement, chaque système fonctionne parfaitement, mais vous voyez, cette commande pour empêcher la surchauffe limite également la capacité du moteur à atteindre des vitesses plus élevées, car elle impose les mêmes restrictions de chaleur.

— *Jaafan* ! chuchota ma mère, ses yeux passant d'une chaîne de code à l'autre. Comment n'avons-nous pas vu cela avant ?

Comment, en effet ! Je me sentais comme un idiot monumental. Comment n'avais-je pas réalisé cela après avoir passé en revue chaque ligne de ce code, encore et encore ?

— Parce que ce n'est pas évident, dit Dakas d'un ton doux. Je n'ai trouvé la source du conflit aussi rapidement que parce que j'ai passé trois mois à me taper la tête contre les murs en essayant de résoudre un problème similaire avec l'un de nos systèmes de transport souterrains à Synsara avant de finalement comprendre ce qui se passait.

— Pouah, alors nous sommes bénis que la Déesse t'ait mis sur notre chemin. Nous ne pouvons pas nous permettre de perdre trois mois à résoudre un tel problème. Le temps est précieux, dit ma mère.

Dakas inclina la tête sur le côté.

— Pourquoi cela ? Qu'avez-vous l'intention de faire avec ces speeders ?

Mère jeta un coup d'œil à Zatruk. Suivant son regard, Dakas se tourna vers notre chef de clan pour étudier ses traits... et probablement aussi ses émotions.

— Accepterais-tu de me parler de tes projets ? demanda Dakas.

Je retins mon souffle. Cela pourrait être un tournant pour nous. Avec l'aide des humains et des Zelconiens, nos chances de réussir et de sauver notre peuple augmenteraient considérable-ment. Et s'ils décidaient au contraire de saboter nos efforts ? Malgré la trêve entre nos deux peuples, les humains ne nous aimaient guère. Après tout, nous les avions malmenés pendant des années. Les Zelconiens n'avaient pas besoin de nous. Ils étaient l'espèce la plus avancée technologiquement parmi nous trois. Dans une guerre ouverte, ils pourraient facilement nous anéantir.

Zatruk l'observa en silence pendant un bref instant avant de lui faire un signe de tête brusque.

— Oui, mais pas ici.

— Cela te dérange de continuer sans moi pour le moment ? demanda Dakas à Lara.

— Non, c'est bon ! dit Lara avec enthousiasme. Nous allons probablement devoir faire beaucoup de réécriture pour contourner ces conflits. Nous devrions être assez occupés.

— Très bien, dit Dakas.

Zatruk fit signe au Zelconien de le suivre. Il caressa la joue de Rihanna puis partit avec Dakas. Je reportai mon attention sur la femelle que j'avais l'intention de réclamer comme mienne.

CHAPITRE 2
LARA

Les trois semaines qui suivirent, passées à travailler avec les Yurus sur les speeders, continuèrent de me paraître surréalistes. Bien avant ma naissance, tous les humains de Kastan vivaient dans la crainte de nos belliqueux voisins. Ils attaquaient régulièrement notre village, volaient nos récoltes, vandalisaient des trucs au hasard et malmenaient les quelques imbéciles qui osaient se mettre en travers de leur chemin. Pour moi, ils n'avaient jamais été que des sauvages barbares. Le fait d'être assise parmi eux, de travailler à leurs côtés et de partager leurs repas me brisait encore le cerveau.

Ils ne ressemblaient en rien à ce que j'avais imaginé et à ce que l'on m'avait inculqué.

Je m'attendais à marcher sur la pointe des pieds dans une ville jonchée de corps ensanglantés et inconscients à cause des bagarres, à voir les femelles se recroqueviller de peur devant les mâles brutaux qui les terrorisaient en permanence, et à voir tout le monde regarder systématiquement par-dessus son épaule pour éviter de se faire poignarder dans le dos. Au lieu de cela, j'avais trouvé une ville propre, bien entretenue, étonnamment avancée malgré son accès limité au réseau galactique, et une absence totale de criminalité.

Certes, leurs mâles se battaient beaucoup, mais cela n'avait rien à voir avec les débordements sanguinaires que j'avais imaginés. Ils cantonnaient leurs bagarres à la grand-place, la foule les acclamant, tandis que les femelles les regardaient généralement d'un air peu impressionné.

Ces dernières n'étaient pas des victimes terrifiées. Elles étaient véritablement le pilier de cette société. Compte tenu de la violence que les mâles déchaînaient les uns contre les autres lorsqu'ils se battaient entre eux, la douceur et la sollicitude dont ils faisaient preuve à l'égard de leurs femelles me laissaient sans voix. Si je ne l'avais pas vu de mes propres yeux, je ne l'aurais jamais cru.

Même les rixes n'étaient pas la pagaille macabre évoquée dans nos légendes. Oui, ils se défoulaient à fond. Mais dès que l'un des pugilistes semblait blessé ou perdait connaissance, quelqu'un le retirait du combat. Personne ne s'acharnait sur un adversaire manifestement vaincu ou incapable de se défendre.

Plus important encore, les bagarres étaient extrêmement rares et espacées, et non pas les bastons incessantes que l'on m'avait fait croire qui se déroulaient ici. Toutefois, il fallait dire que tous les mâles étaient occupés à forger, soit en fabriquant de nouveaux châssis pour les speeders, soit en produisant des armes destinées à être vendues à la communauté intergalactique.

Mon regard balaya l'espace ouvert du centre de recherche où une douzaine de femelles yurus continuaient de travailler à l'amélioration des performances des motos. Ces dernières constitueraient en effet de formidables récompenses pour leur projet d'arène de combat, surtout si les Yurus parvenaient à convaincre les Zelconiens de se joindre au projet et de leur permettre d'utiliser leurs cristaux comme source d'énergie. Cela ferait de ces speeders les meilleurs de la galaxie.

Au-delà de mon désir de me vanter d'avoir participé à un

projet aussi extraordinaire, je voulais que cela fonctionne pour des raisons plus importantes. Le succès de l'arène de combat des Yurus signifiait une paix prolongée entre nos deux colonies. Les Yurus disposant enfin d'un lieu permanent pour exercer leur besoin biologique de violence, nous ne leur servirions plus de boucs émissaires. Cela signifiait également des opportunités significatives de prospérité et d'accès aux ressources et technologies galactiques pour les trois espèces de cette planète.

Nous tous, colons de la troisième génération, mourrions d'envie d'avoir un meilleur accès à tout cela. Nos ancêtres avaient quitté la Terre précisément pour repartir à zéro, avec une vie simple et des valeurs plus traditionnelles, dépourvues des artifices de la technologie. Les jeunes comme moi, nés dans ce cadre, souffraient de toutes ces restrictions. Outre le fait que nous avions l'impression de stagner, cette mentalité nous avait également maintenus dans une position vulnérable face aux Yurus, car nous n'avions pas la technologie nécessaire pour nous défendre contre des ennemis plus puissants.

Ce projet avait donc beaucoup d'importance pour nous également.

Mais pour convaincre les Zelconiens *et* le chef de notre colonie humaine de se joindre à ce projet, nous devions mettre ces speeders dans un état impeccable. Ils étaient déjà très performants, mais en repoussant la limite de vitesse un tout petit peu plus haut, ils seraient parfaits. Malheureusement, même si le moteur pouvait le supporter, nous nous heurtions à des problèmes de stabilité que nous n'arrivions pas à résoudre.

Au moment où ces pensées me traversaient l'esprit, les grandes portes de garage du centre de recherche s'ouvrirent. Voir la silhouette massive de Wonjin entrer suscita une fois de plus un mélange d'émotions des plus étranges en moi. Je ne savais pas quoi penser de lui. Il avait toujours l'air mécontent, comme tous les mâles de son espèce d'ailleurs. Et pourtant, il se mettait systématiquement en quatre pour satisfaire tous les besoins des femelles, y compris les miens.

Plus important encore, même s'il ne parlait pas beaucoup, les rares fois où il le faisait, ses propos étaient généralement incroyablement intelligents. Cela aussi me perturbait.

À ma grande surprise, il se dirigea directement vers moi, portant un grand conteneur à température contrôlée. Je remuai sur mon siège avec malaise tandis qu'il comblait la distance qui nous séparait. Ses yeux sombres me fixaient avec l'intensité la plus déconcertante qui soit. Mais bon, il avait toujours cette façon intense de me dévisager. Avant la trêve entre nos peuples, cela m'aurait fait fuir. Il semblait vouloir me défoncer le crâne pour voir ce qu'il y avait à l'intérieur.

— Bonjour, Lara, dit Wonjin sur son ton bougon habituel, comme si cela le peinait d'avoir à faire la conversation.

— Bonjour, Wonjin, dis-je prudemment.

— Les modifications ont-elles fonctionné ? demanda-t-il.

Je clignai des yeux, incertaine de ce qu'il voulait dire.

— Les modifications ?

— Ma mère m'a dit que tu rencontrais des problèmes avec l'augmentation de la vitesse, dit-il en fronçant les sourcils, comme si j'aurais dû savoir exactement à quoi il faisait allusion.

— Oui, répondis-je, ne sachant toujours pas de quoi il s'agissait. Je continue à chercher une solution à ce problème.

— J'ai modifié l'un des speeders pour qu'il corresponde à tes spécifications. J'ai rendu le fuselage plus étroit et j'ai réajusté la répartition du poids pour qu'il reste stable même à grande vitesse. Ma mère ne te l'a pas dit ? demanda-t-il en désignant l'un des deux speeders derrière mon poste de travail.

Ma mâchoire tomba et je jetai un coup d'œil à l'engin avant de regarder Wonjin d'un air mortifié. Jerdéa avait effectivement mentionné que son fils m'avait apporté un nouveau speeder voilà plus de trois jours.

— Oh, mon Dieu ! Je suis vraiment désolée ! m'exclamai-je

en portant une main à mes joues brûlantes. Elle m'en a parlé, mais je pensais qu'il s'agissait simplement d'un nouveau châssis. Je n'avais pas réalisé que tu l'avais modifié pour résoudre certains de mes problèmes. Je ne l'ai donc pas touché parce que je voulais d'abord régler le problème avant de préparer un autre speeder.

Wonjin resta planté là, à me fixer avec une expression complètement illisible. Il se contenta de répondre à mes excuses par un simple grognement. J'aurais préféré qu'il me réprimande vigoureusement plutôt que d'avoir cette réaction stoïque. Malgré son air imperturbable, mon instinct me disait que mon apparente indifférence à l'égard de son travail l'avait profondément blessé.

— Je vais le tester tout de suite, lui proposai-je, me sentant comme une vraie merde.

— Tu n'es pas obligée de le faire, si tu as trouvé une autre façon d'aborder ton problème, grommela-t-il.

— Non, je n'ai absolument rien trouvé. Je suis tout aussi perplexe, dis-je en sautant sur mes pieds et en me dépêchant de débrancher le speeder actuellement connecté aux ordinateurs d'analyse.

Wonjin grogna à nouveau. Posant son conteneur à côté de mon poste de travail, il déplaça le speeder dès que j'eus fini de le débrancher et m'apporta rapidement celui qu'il avait modifié. À mon grand désarroi, il resta incroyablement proche de moi pendant que je commençais à brancher celui-ci à mon ordinateur. Ce mâle était sacrément massif. Ses biceps à eux seuls étaient plus gros que ma tête. À ses côtés, je me sentais toujours terriblement fragile et vulnérable.

Me forçant à paraître enthousiaste pour cacher ma nervosité, je lui adressai un grand sourire et lançai une simulation sur le speeder. Il démarra en douceur avec un bourdonnement discret, le son s'amplifiant au fur et à mesure que la vitesse augmentait. Le regard de Wonjin pesait lourdement sur moi, me donnant envie de me tortiller. Je gardai les yeux rivés sur l'écran, luttant contre l'envie de jeter un coup d'œil dans sa direction. Mon esprit stupide n'arrêtait pas de l'imaginer avec des yeux rouges incandescents, des dents de requin et des mains massives serrées en poings tandis qu'il brûlait d'envie de m'assommer pour avoir snobé son travail pendant si longtemps.

C'était une réaction irrationnelle de ma part, car il n'avait jamais haussé la voix contre moi ou l'une des autres femelles. Mais pour une raison que je ne pourrais jamais expliquer, Wonjin me mettait toujours sur les nerfs, comme s'il allait faire ou dire quelque chose qui allait bouleverser mon univers à jamais.

Au temps pour moi qui me targue d'avoir un esprit scientifique et rationnel.

Mais toutes ces pensées stupides s'envolèrent lorsque la ligne sur le graphique resta stable alors que nous approchions du point critique... puis le dépassâmes. Ma mâchoire tomba. Je tournai la tête vers la gauche pour jeter un coup d'œil au speeder, puis vers la droite pour regarder à nouveau l'écran.

Tous les systèmes étaient au vert, la ligne sur le graphique restait stable et aucune alerte n'avait été déclenchée.

Je tournai lentement la tête et regardai Wonjin par-dessus mon épaule. Soulevant le menton, il croisa ses bras musclés sur son torse massif et renifla en arborant une expression suffisante. Dans d'autres circonstances, j'aurais pu rire. Mais j'étais bien trop abasourdie.

Je jetai un coup d'œil à l'écran, qui continuait d'indiquer que le test était réussi.

— Putain de merde, murmurai-je avec incrédulité.

— Pardon ? s'exclama Wonjin.

Je me raidis, mes joues s'enflammant lorsque je réalisai ce que je venais de dire.

— C'est... euh... Peu importe. C'est juste une expression humaine stupide pour exprimer le choc, marmonnai-je.

Une fois de plus, Wonjin se contenta de grogner et se remit à me dévisager. Bordel. J'aurais donné n'importe quoi pour savoir quelles pensées se bousculaient dans sa grosse tête.

— Mais wow, tu l'as vraiment réparé, dis-je, désireuse de détourner le sujet et l'attention de moi. Comment as-tu fait ?

— J'ai examiné tes calculs. La masse totale et la résistance au vent avaient besoin d'être rectifiées. J'ai donc corrigé le tir, dit Wonjin d'un ton posé. Je vais t'envoyer les spécifications des modifications que j'ai apportées. Une fois que tu auras effectué tous les autres tests nécessaires pour être certaine qu'il répond à tes besoins, j'ajusterai les autres speeders de la même manière.

— C'est... Wow... Merci, dis-je, encore sous le choc.

Cela faisait une semaine que je me cassais la tête sur ce fichu problème. Il l'avait résolu en deux fois moins de temps. À sa place, j'aurais été en train de me pavaner et de me vanter de mes prouesses. Lui, il se contentait de dire : « Oui, j'ai résolu le problème. Au suivant. »

À ma grande surprise, Wonjin pencha la tête sur le côté, me lançant un drôle de regard.

— Pourquoi me remercies-tu ? C'est *toi* qui *nous* aides à résoudre nos problèmes. C'est moi qui te remercie.

J'ouvris et refermai la bouche, les mots me manquant. Que diable étais-je censée répondre ? En théorie, il avait raison. Seigneur, pourquoi me sentais-je toujours aussi écervelée et pathétique à chaque fois que j'interagissais avec ce mâle ? Il devait probablement me prendre pour une idiote.

Alors que le silence s'étirait, devenant de plus en plus inconfortable, Wonjin grogna à nouveau, comme on le ferait en jetant l'éponge dans un cas désespéré. J'étais mortifiée. D'habitude, j'avais la langue bien pendue et l'esprit vif. On ne l'aurait pas cru en me regardant faire.

— Je t'ai ramené ceci de ma chasse, grommela Wonjin en montrant le conteneur à température contrôlée.

— Oh ? dis-je en haussant les sourcils de surprise.

J'arrêtai la simulation et allai m'accroupir près du conteneur.

Qu'avait-il bien pu m'apporter qui nécessitait une telle conservation ? La nature sauvage de Cibbos était extrêmement dangereuse dans de nombreux secteurs. On ne s'y aventurait pas seul. Même les chasseurs yurus les plus aguerris prenaient rarement un tel risque. Mais notre monde renfermait d'innombrables trésors qui n'attendaient que d'être réclamés par ceux qui étaient assez forts et habiles pour s'aventurer au-delà des sentiers battus.

Brûlant de curiosité, je relâchai le loquet du couvercle. Il émit un léger sifflement et de l'air frais me parvint lorsque je le soulevai. Mon visage tomba, et mon cerveau se figea en regardant le contenu.

— Un oiseau mort ? lâchai-je en dévisageant Wonjin avec incrédulité.

Il se hérissa.

— Ce n'est pas un simple « oiseau mort », c'est un faucon lunaire, rétorqua Wonjin, visiblement offensé par ma réaction.

Faucon lunaire ou pas, c'était quand même un oiseau mort. Que voulait-il que j'en fasse ? Pourquoi avait-il pensé que je voudrais d'une telle chose ?

— D'accord, dis-je, ne sachant que répondre à cela.

— Ils ne vivent que dans les endroits les plus dangereux de Cibbos et sont presque impossibles à capturer, dit Wonjin, en donnant l'impression de mettre en doute mon intelligence. C'est une denrée rare.

— Oh ! Je vois... dis-je en essayant de paraître enthousiaste, tout en étant effarée par l'idée qu'il puisse penser que je veuille ce cadavre. C'est très gentil de ta part.

À en juger par son expression, j'avais lamentablement échoué à paraître ravie de son cadeau. Même si elle traversa ses yeux bruns si rapidement que je faillis abel manquer, la lueur de sa déception me coupa à vif. Je savais ce que c'était que de se mettre en quatre pour faire quelque chose de gentil pour quelqu'un et de le voir le rejeter avec désinvolture.

Il grogna avant de regarder à nouveau mon moniteur.

— Je vais te laisser retourner à tes tâches. Préviens-moi quand tu auras terminé tes tests pour que je puisse ajuster les autres speeders.

— D'accord, je le ferai. Et merci encore pour... tout, dis-je maladroitement en désignant tour à tour le speeder et la glacière.

Avec un dernier grognement, Wonjin se retourna et s'éloigna. Je fermai les yeux et poussai un soupir, les épaules affaissées, me sentant comme une véritable merde. Il avait juste essayé d'être gentil, et j'avais fait étalage de mon incompétence sociale. Le son de ses sabots résonna bruyamment tandis qu'il s'éloignait, la queue raide.

Je gémis intérieurement lorsque certaines femelles jetèrent des regards furtifs dans ma direction, leurs regards s'attardant sur le conteneur à température contrôlée avec des expressions spéculatives. Même si je doutais qu'elles aient entendu notre conversation, le départ rigide de Wonjin allait faire jaser certaines d'entre elles.

Juste comme il sortait, Rihanna entra. Elle lui adressa un sourire radieux, mais il se contenta de la saluer d'un signe de tête avant de poursuivre son chemin vers la sortie. Rihanna s'arrêta net pour le regarder s'éloigner avec une expression déconcertée. Une fois qu'il disparut de son champ de vision, elle jeta un coup d'œil à l'intérieur en fronçant les sourcils, cherchant manifestement la cause de son humeur étrange. Un simple regard sur mon visage me trahit. Elle se mordit la lèvre inférieure et jeta un autre regard vers la porte maintenant fermée, une expression de sympathie des plus étranges sur le visage.

Que se passe-t-il ?

Elle salua les autres femelles avant de se diriger vers moi. J'aimais bien Rihanna. Cette petite femme noire avait l'air trompeusement délicate dans sa robe maxi bleue sans manches et ses sandales assorties. Pourtant, elle était tout feu tout flamme. Aujourd'hui encore, je ne comprenais pas comment elle pouvait être si heureuse en ménage avec le chef de clan des Yurus.

Compte tenu des relations tendues entre nos espèces, qui aurait pu imaginer que le Grand Chef Zatruk se serait marié avec une humaine ?

— Salut, Lara, dit Rihanna en s'arrêtant à côté de mon poste de travail.

— Salut, Rihanna, répondis-je en me préparant à ce qui allait suivre.

— Tout va bien ? demanda-t-elle en s'appuyant sur le côté de mon bureau.

— Tout est super ! dis-je avec un peu trop d'enthousiasme. Wonjin a résolu nos problèmes de vitesse. En fait, il l'avait résolu il y a quelques jours, mais j'avais mal compris le message de Jerdéa.

— Je ne suis pas surprise, dit Rihanna en bombant le torse comme une mère fière, même si Wonjin et Rihanna n'avaient aucun lien de parenté. Les gens continuent de sous-estimer le génie de Wonjin.

Même si elle le dit d'une manière générale et nonchalante, je sentis clairement que c'était moi qu'elle visait.

Je remuai sur mes pieds, me sentant incroyablement gênée.

— Il ne fait aucun doute qu'il est extrêmement intelligent. Il ne cesse de m'impressionner. Franchement, aider les Yurus sur ce projet m'a ouvert les yeux sur qui ils sont réellement et sur leur culture. Ils ne correspondent pas du tout à ce que j'avais imaginé.

— Vraiment ? lança Rihanna en croisant les bras sur sa poitrine avec un air de défi.

Ce fut à mon tour de me hérisser.

— Oui, vraiment, dis-je avec fermeté. Le fait de travailler avec ces femelles et d'interagir avec d'autres membres du clan a balayé la plupart des idées préconçues que j'avais sur les Yurus. En fait, ils sont plutôt cool. Je ne serais pas encore ici après trois semaines si je pensais le contraire.

Rihanna hocha la tête, essayant toujours de paraître nonchalante, mais je ne manquai pas la lueur d'approbation dans ses yeux noirs comme de l'encre.

— Nous te sommes reconnaissants de ton aide dans la mise en œuvre de ce projet. Et je suis particulièrement heureuse que vous ayez réglé les problèmes de vitesse. Cela contribuera grandement à promouvoir l'événement, déclara-t-elle d'un ton amical.

— C'est vrai. Pour ce que ça vaut, j'ai vraiment envie que ça réussisse, à la fois pour les Yurus et pour des raisons plus égoïstes, avouai-je.

— Je n'en doute pas, dit doucement Rihanna. Cependant, je me serais attendue à ce que Wonjin soit plus enjoué après avoir contribué à une telle victoire. Pourtant, il semble un peu contrarié. As-tu trouvé un autre problème ?

La façon innocente dont elle posa la question ne me trompa pas le moins du monde. Elle était en quête d'informations. En temps normal, j'aurais joué les idiotes, car je détestais que les gens s'immiscent dans mes affaires. Mais dans le cas présent, j'avais besoin des lumières de quelqu'un qui connaissait les Yurus – et surtout Wonjin – bien mieux que moi et que je ne les connaîtrais probablement jamais.

— Non, tout va bien avec le speeder. Cependant, j'ai peut-être froissé ses sentiments, ajoutai-je penaude.

Une expression inquiète se dessina sur le visage de Rihanna.

— Froissé ses sentiments, comment ?

Je jetai un coup d'œil coupable à la glacière avant de la regarder à nouveau.

— Il m'a apporté un cadeau des plus étranges. Cela m'a vraiment pris par surprise, et ma réaction n'a probablement pas été aussi enthousiaste qu'il l'espérait.

— Étrange comment ? insista Rihanna, ses yeux se fixant sur le contenant comme si elle pouvait voir à travers.

— Tu sais, le genre de choses bizarres qu'un chat t'apporterait, dis-je, me sentant mal d'exprimer à voix haute la pensée qui m'avait traversé l'esprit lorsque j'avais ouvert la glacière pour la première fois.

Rihanna se figea. Je n'aurais pas su dire si son expression traduisait de l'inquiétude face à ce que j'avais pu dire, ou si elle s'inquiétait de ce que le cadeau pouvait être. Sans un mot, elle ouvrit la glacière. Je retins mon souffle pendant qu'elle regardait à l'intérieur. Le choc sur son visage fit place à l'émerveillement, ce qui me décontenança. Elle releva la tête pour me regarder, comme le ferait un parent contrarié qui attendait que son enfant capricieux s'explique.

— C'est un oiseau mort ! dis-je d'un ton qui indiquait clairement que je m'attendais à ce qu'elle se range à mon avis.

Cette fois, je me sentis flétrir devant l'air franchement horrifié que me lança Rihanna.

— Dis-moi que tu ne lui as pas dit ça ? me supplia Rihanna.

Je remuai sur mes pieds et tordis mes doigts devant moi.

— Euh... Je l'ai peut-être fait ?

Rihanna baissa la tête et se couvrit le visage des deux mains en émettant un grognement d'incrédulité. Même si je ne savais toujours pas ce que j'avais fait de mal – en plus de le blesser – je craignais maintenant d'avoir commis un faux pas culturel majeur ou de l'avoir grandement insulté.

— C'est grave à ce point ? demandai-je d'une petite voix.

Elle laissa retomber ses mains et me regarda comme si j'étais au-delà de toute rédemption. Rihanna referma le couvercle et se leva de sa position accroupie.

— Il faut qu'on parle, dit Rihanna d'une voix sévère avant d'indiquer ma chaise d'un geste de la main. Assieds-toi.

Pour une femme aussi petite, à peine un mètre cinquante par rapport à mon mètre quatre-vingts, elle dégageait une incroyable aura de force et d'autorité. Je n'y réfléchis même pas à deux fois avant d'obtempérer.

Elle se hissa sur le bord de mon bureau et me regarda droit dans les yeux.

— Ce n'est pas un « oiseau mort » que le chat t'a apporté, mais un faucon lunaire qui t'est offert en signe de respect et d'admiration, dit Rihanna d'un ton sévère. C'est un cadeau royal.

— Vraiment ? demandai-je, me sentant encore plus coupable.

— Vraiment. Les faucons lunaires sont presque impossibles à attraper. Des chasseurs expérimentés perdent la vie en essayant d'en capturer un. Ils sont non seulement extrêmement difficiles à atteindre, car ils vivent dans les régions les plus sauvages de Cibbos, mais ils sont aussi incroyablement féroces. Je n'en reviens pas qu'il y soit parvenu tout seul. Pas étonnant qu'il soit parti pendant trois jours, dit Rihanna, l'air de vouloir me faire entendre raison avec quelques bonnes taloches. C'est le genre de cadeau qu'un chef de clan apporterait à un autre chef pour lui demander la paix. C'est ce qu'un mâle apporterait à la femelle la plus convoitée du village pour lui demander sa main.

Ma mâchoire tomba et mes yeux faillirent me sortir de la tête.

— Quoi ?

— N'importe quelle femelle yurus se pâmerait devant une telle démonstration de force et de dévotion, même si elle finissait par ne pas le choisir, déclara Rihanna.

— Mais qu'essayes-tu de dire ? demandai-je, refusant d'accepter l'évidence.

— Que Wonjin est fou de toi ! s'exclama-t-elle comme si c'était une évidence. Tu n'as pas remarqué qu'il te regarde comme si tu étais un ange descendu du ciel ? Qu'il cherche toujours à te faire plaisir et à répondre à tous tes besoins ?

Je secouai la tête, me demandant si nous parlions toujours de la même personne.

— Wonjin me foudroie du regard et grogne ! Quand nous sommes ensemble, le silence est assez épais pour être coupé avec une putain de tronçonneuse ! Il a toujours l'air de vouloir me défoncer le crâne !

Rihanna roula des yeux.

— Il ne foudroie pas du regard et ne grogne pas. Il t'admire et ronronne. S'il ne parle pas, c'est parce que ta beauté le laisse sans voix. Il ne veut pas te défoncer le crâne. Il veut t'étouffer de câlins et de caresses ! Tu ne comprends pas quel genre d'ours en peluche sont les mâles yurus !

Je la dévisageai, bouche bée, me demandant quel genre de champignon bizarre elle avait bien pu manger. Oui, je pouvais être plutôt aveugle quand il s'agissait de remarquer qu'un homme avait le béguin pour moi. Mais Wonjin ?!

— C'est un énorme Yurus, avec des cornes, des défenses, une queue et des sabots. Et je suis...

— Une petite humaine qui n'a aucune de ces caractéristiques, m'interrompit Rihanna avant de se désigner d'un geste de la main. Où veux-tu en venir ?

Je froissai le visage, privée de tout argument. Elle était plus petite que moi et mariée à un Yurus bien plus imposant que Wonjin.

Le visage de Rihanna s'adoucit soudainement et elle m'adressa un sourire compatissant.

— Écoute, je comprends. Quand Kayog m'a dit que le seul moyen d'éviter d'être larguée sur la planète prison Molvi était d'épouser un minotaure albinos géant, je n'ai pas vraiment sauté de joie. Les cornes, la fourrure, les défenses, une queue et des sabots ne figuraient pas en tête de liste de mes critères de recherche d'un conjoint. Je n'en suis qu'au début de ma relation avec lui, mais Zatruk est vraiment génial. Ne laisse pas des idées préconçues et des normes sociétales te faire passer à côté de quelque chose de potentiellement merveilleux. Je ne sais pas si vous êtes parfaitement compatibles, mais je sais que Wonjin est vraiment fou de toi. Tu n'as pas à te précipiter, ni même à sortir avec lui si tu ne le sens pas. Mais garde l'esprit ouvert.

Me sentant dépassée, je tentai de donner un sens aux diverses pensées et émotions qui me traversaient. Sans attendre ma réponse, Rihanna sauta en bas du bord de mon bureau et me serra l'épaule d'une manière encourageante.

— Et mange cette volaille, ajouta-t-elle en désignant la glacière du menton. C'est meilleur quand elle est rôtie à la broche.

Sur ce, elle se pavana en direction du poste de travail situé à l'autre bout de la pièce pour s'entretenir avec l'une des autres ingénieures.

CHAPITRE 3
LARA

Le vent soufflant dans mes cheveux, je me penchai en avant sur mon zébis pour mieux voir Mutarak, le village yurus en contrebas. Ma monture cessa de battre des ailes et se mit à planer pour entamer sa descente. Cette créature indigène, au corps de bélier, au col en fourrure de mouton et aux ailes de l'envergure d'un albatros, constituait le principal moyen de transport des humains, aussi bien sur le sol que dans les airs.

Et en ce moment même, il m'emmenait voir les progrès réalisés par Wonjin sur le speeder qu'il s'était proposé de construire pour moi. Aucun mot ne pouvait exprimer la profondeur de mon excitation.

Je n'arrivais toujours pas à croire que les humains et les Yurus collaboraient sur un projet aussi ambitieux. Malgré tout, certaines choses ne changeaient jamais...

Bien avant que mon zébis n'atterrisse, je secouai la tête en voyant une autre bagarre se dérouler sur la grand-place. Les femelles Yurus, qui se tenaient sur le pourtour avec leurs petits et d'autres badauds, regardaient avec résignation les deux douzaines de mâles qui se battaient comme des diables. Il fut un temps où j'aurais pris mes jambes à mon cou. Aujourd'hui, je m'en souciais plus.

Dès que je touchai le sol, je descendis de ma monture et conduisis mon zébis à l'étable avant de revenir sur la grand-place. Quelques personnes dans la foule me sourirent ou me saluèrent d'un signe de tête. Malgré mon mètre quatre-vingts, je me sentais minuscule parmi eux à chacune de mes visites. Les mâles comme les femelles me dépassaient d'une bonne tête.

Les Yurus ressemblaient à des minotaures au visage d'orque, avec leur paire de cornes orientée vers l'avant, leurs oreilles pendantes et leur queue de taureau, leurs jambes à trois segments munies de sabots et les petites défenses qui encadraient leur bouche. Bien que de délicates touffes de fourrure ornent leurs épaules, leurs bras et leurs cuisses, ils ne se qualifiaient pas pour autant de boules de poils. Leurs différentes couleurs de peau et de fourrure corres-pondaient à peu près au spectre humain. Chacun d'entre eux couvrait sa pudeur d'un pagne ou d'une jupe courte, qui me rappelait ceux que portaient les gladiateurs de la Rome antique. Alors que les mâles se promenaient torse nu, les femelles couvraient leur poitrine – beaucoup plus petite que celle d'une femme humaine – avec un bandeau d'une couleur similaire à celle de leur jupe.

Mon regard parcourut l'amas de corps musclés qui se battaient. Il fallut quelques secondes pour qu'il se fixe sur la silhouette familière de Wonjin. Grand et costaud, avec une four-rure noisette lustrée, il était une force à ne pas sous-estimer. Plusieurs autres combattants se tenaient loin de lui. L'adversaire malchanceux qui l'avait affronté regrettait sans doute sa décision, car Wonjin le souleva sans effort d'une main avant de le plaquer sur le pavé de pierre de la grand-place. Je grimaçai de douleur. Wonjin rugit au visage de son adversaire, frappant son propre torse de ses deux poings, comme s'il défiait le mâle de se relever.

Celui-ci choisit sagement de rester sur le dos.

Wonjin regardait autour de lui à la recherche de sa prochaine proie lorsqu'il m'aperçut. Le feu sanguinaire qui emplissait les profondeurs sombres de ses yeux s'estompa instantanément tandis que ces derniers s'écarquillaient sous l'effet de la surprise. Sa soif de sang s'évanouit, il se dirigea vers moi, mais un Yurus à la fourrure beige le chargea. Mon halètement inquiet se transforma en un hoquet admiratif lorsque Wonjin esquiva adroitement l'attaque et donna à son agresseur un coup du revers de la main si violent qu'il retentit comme un coup de tonnerre. Le Yurus beige vola en arrière, atterrissant lourdement sur le sol avec un bruit sourd.

Le mâle secoua la tête, semblant à peine sonné par un coup qui aurait assurément brisé les os d'un humain. Il sauta rapidement sur ses sabots, semblant prêt à charger Wonjin à nouveau. Mais ce dernier pointa un gros doigt menaçant vers lui, l'expression presque enragée sur son visage lui faisant clairement comprendre qu'il avait intérêt à se retirer, sans quoi il allait le payer très cher. Le Yurus beige hésita, puis, obéit avec sagesse à cet avertissement, cherchant quelqu'un d'autre avec qui se bagarrer.

Wonjin avait l'air terrifiant avec son expression menaçante, son corps massif et ses muscles épais qu'il contractait pour paraître encore plus intimidant. Un mois plus tôt, je me serais pissé dessus et j'aurais fait la paix avec Dieu. Aujourd'hui, étais-je devenue folle parce que je trouvais cela sexy ?

Il s'approcha de moi avec une démarche légèrement arrogante. Je ne saurais dire s'il s'exhibait pour moi. Les Yurus avaient naturellement une démarche masculine et séduisante. Cela faisait deux semaines que Rihanna m'avait fait comprendre que Wonjin s'intéressait à moi. Si l'idée d'avoir une relation amoureuse avec un orque-minotaure m'avait d'abord horrifiée — surtout compte tenu de l'histoire violente entre nos peuples — le commentaire de Rihanna avait planté une graine qui avait pris racine. Depuis, à maintes reprises, je m'étais surprise à chercher des signes montrant qu'il était effectivement intéressé et à me demander ce que j'allais faire à ce sujet.

— Lara, dit-il en guise de salut, alors qu'il s'arrêtait devant moi, sa voix vibrant d'un grondement profond que je trouvais à présent très séduisant.

— Wonjin, dis-je en faisant écho à son salut. Je vois que tu jouais avec tes amis.

Il s'ébroua.

— En effet.

— Qu'est-ce qui a déclenché cette bagarre ? Quelqu'un a ri trop fort ? demandai-je d'un ton taquin.

Wonjin sourit, une lueur amusée brillant dans ses yeux. Elle adoucissait ses traits de la façon la plus merveilleuse qui soit. Les paroles de Rihanna, selon lesquelles il restait sans voix en ma présence parce qu'il était intimidé, n'étaient pas tombées dans l'oreille d'une sourde. Depuis, je prenais l'initiative de la conversation, et il s'empressait d'y participer. Le redoutable Yurus s'avérait n'être qu'un intello très timide.

— Garok a agité sa queue. Sa pointe a frappé Tarmek, qui l'a pris comme une offense. Il l'a bousculé. Garok a trébuché en arrière et s'est heurté à Selsan, expliqua Wonjin.

— Ce dernier s'est senti insulté et l'a bousculé à son tour. Et en un rien de temps, un tiers d'entre vous se tapait sur la tête sans raison particulière, conclus-je pour lui, en secouant la tête d'un air de dire qu'ils étaient des cas désespérés.

Il haussa les épaules d'un air impénitent.

— C'est amusant.

Je le parcourus d'un regard évaluateur.

— Je suis contente que tu te sois amusé, mais tu as quand même été blessé. Il faut qu'on aille nettoyer ça.

Wonjin se raidit, abasourdi par mon commentaire. Il écarta les bras et jeta un coup d'œil vers son corps, à la recherche de la blessure.

— Plus haut, gros bêta. Au-dessus de ton sourcil droit. J'aurais pensé que tu aurais senti une blessure si proche qu'elle aurait pu te faire perdre un œil, dis-je d'un ton réprobateur.

La main droite de Wonjin vola jusqu'à son front. Ses yeux sombres s'écarquillèrent de stupeur, puis d'indignation lorsque ses doigts touchèrent le sang de la coupure. Il tourna brusquement la tête vers la droite pour regarder les mâles qui se battaient encore, semblant vouloir aller donner une nouvelle raclée à celui qui lui avait infligé cette coupure.

— Ah non ! Plus de bagarre pour toi aujourd'hui, l'avertis-je sévèrement en lui attrapant l'avant-bras pour ramener son attention sur moi.

Et ce fut le cas.

Il fixa ma main sur lui, l'expression la plus étrange défilant sur son visage avant qu'il ne me regarde à nouveau. Je me sentis aussitôt gênée. Même si nous avions souvent interagi au cours des dernières semaines, alors que nous travaillions à la conception de notre projet, je ne me souvenais pas l'avoir jamais touché délibérément de cette façon. La petite touffe de fourrure noisette sur son avant-bras était incroyablement douce et soyeuse, et les muscles en dessous étaient étonnamment fermes et souples à la fois. À mon grand désarroi, je me surpris à me demander ce que je ressentirais dans son étreinte.

Embarrassée, je me forçai à retirer ma main avec désinvolture avant de continuer à l'admonester.

— D'abord, nous allons nettoyer cette blessure. Ensuite, tu pourras me montrer ce sur quoi tu avais besoin de mon avis, concernant le speeder.

Wonjin plissa le visage, ses sourcils épais se fronçant.

— Ce n'est qu'une égratignure. La nettoyer...

— N'est pas ouvert au débat, l'interrompis-je. Tu as beau être grand et fort, l'infection s'en moque.

— Je suis un Yurus ! Nous...

— Tu as un système immunitaire d'enfer et une guérison accélérée une fois que l'adrénaline et tout autre cocktail hormonal qui coule dans tes veines entre en action, dis-je d'un ton peu impressionné – l'interrompant une fois de plus. Mais je ne te laisserai pas prendre de risques. Tu es trop important pour ce projet pour te laisser tomber malade à cause de quelque chose d'évitable.

Cela sembla lui couper le sifflet. Puis, comme il se doit, ses mignonnes oreilles de taureau se mirent à papillonner, signe révélateur de l'embarras de Wonjin. Si sa peau brune, plus claire que sa fourrure noisette, cachait bien son rougissement, ses oreilles le trahissaient systématiquement. C'était vraiment adorable.

Je n'avais même pas voulu le flatter. Mais Wonjin n'était pas habitué aux compliments. En grandissant, une blessure avait fait de lui la cible préférée des brutes. Malgré cela, il était devenu l'un des mâles les plus forts de son clan et sans aucun doute le plus intelligent. Le fait d'être le fils unique de la scientifique en chef de son clan y était pour quelque chose. Sa mère, Jerdéa, était aussi brillante que charmante.

Comme il en avait l'habitude lorsqu'il se sentait gêné, Wonjin se contenta de grogner en guise de réponse et me fit signe de le suivre. Je me mordis l'intérieur des joues pour ne pas sourire et lui emboîtai le pas, le vacarme de la rixe s'élevant encore derrière nous. Un mâle grognon avait quelque chose d'attachant.

Dire que je l'avais trouvé effrayant et intimidant.

Nous n'allâmes pas au centre de recherche, qui encadrait la grand-place au nord, mais parcourûmes quelques rues jusqu'à la demeure de Wonjin. Comme tous les Yurus, il possédait chez lui une forge personnelle. Son peuple était passé maître dans l'art de façonner le deuténium, le métal le plus résistant au monde, que l'on trouvait exclusivement sur notre planète. Là où tous les enfants humains apprenaient à faire du vélo, les jeunes Yurus apprenaient à manier un marteau. Et Wonjin était un maître en la matière.

Nous entrâmes dans la forge par la porte extérieure. Je

n'avais pas encore vu l'intérieur de la maison de Wonjin. Mais à en juger par la propreté de sa forge, je m'attendais à trouver le même minimalisme ordonné dans les autres pièces, si jamais j'avais l'occasion de les visiter un jour.

— Tut, tut, dis-je en lui jetant un autre regard peu impressionné lorsqu'il se dirigea vers le speeder dans le coin droit de la pièce, recouvert d'une bâche bleu foncé. Apporte-moi d'abord la trousse de secours.

Il me fit encore une grimace, mais s'exécuta. Je soupçonnais qu'il aimait secrètement que je m'occupe de lui. Alors qu'il sortait de la forge par la porte menant à la maison, je me surpris à reluquer les globes ronds de son derrière ferme que son pagne dissimulait à peine. Même s'il ne le remarqua pas, je détournai les yeux, les joues brûlantes d'embarras.

M'approchant de la forge, j'admirai l'imposant ensemble de marteaux que Wonjin utilisait simultanément pour plier le deuténium à sa volonté. Une fois de plus, cela me rappela à quel point les Yurus étaient incroyablement forts. Même avec mes deux mains, j'aurais eu du mal à soulever un seul de ces marteaux.

Le bruit des sabots de Wonjin annonça son retour. Dès qu'il entra, je lui indiquai d'un geste un tabouret près de l'établi de gauche. Cela me fit tout drôle de le voir s'exécuter sans un mot. À l'époque où j'étais terrorisée par les raids des Yurus dans notre village, je n'aurais jamais imaginé la situation actuelle, où j'étais pratiquement en train de donner des ordres à l'un de leurs plus féroces guerriers.

Il se laissa tomber sur le tabouret comme l'aurait fait un enfant boudeur. Je me mordis une fois de plus l'intérieur des joues pour ne pas glousser. Après lui avoir pris la boîte, je récupérai quelques gazes et leur version de l'eau oxygénée. D'instinct, je me plaçai devant lui, entre ses cuisses écartées. Par défaut, les Yurus s'asseyaient toujours avec les jambes plus écartées que les hommes, les trois segments qui les formaient rendant sans doute cette position plus confortable pour eux.

Dès que je pris place, Wonjin leva les mains avant de se raidir et de les reposer sur ses genoux. Mon estomac fit un saut périlleux arrière lorsque je réalisai qu'il les avait presque posées sur mes hanches. Il déglutit péniblement, et ses oreilles pendantes s'agitèrent plusieurs fois. Cela aussi fit faire à mes entrailles un nouveau saut périlleux.

Mon Dieu, pourquoi suis-je devenue si irrationnellement attirée par ce gros tas de muscles ?

Et je l'étais vraiment.

Je reprochais toujours à Rihanna d'avoir semé la première graine. Mais je devais assumer la responsabilité de l'avoir laissée s'épanouir et des fantasmes qui avaient commencé à défiler dans mon esprit ces derniers temps, surtout la nuit. Rihanna était minuscule comparée à son mari Zatruk. Mesurant un mètre cinquante et pesant à peine cinquante-huit kilos comparativement à ses deux mètres dix et facilement plus de cent trente-six kilos de muscles purs, je ne comprenais toujours pas comment elle parvenait à s'accoupler avec lui sans être fendue en deux. Et pourtant, elle était manifestement très heureuse avec son grognon pelucheux. À vrai dire, j'enviais la façon dont le terrifiant chef des Yurus fondait entièrement dès qu'il interagissait avec elle.

Wonjin serait-il aussi gentil avec moi ?

Le « oui » retentissant qui résonna dans mon esprit n'arrangea rien à ma cause. Me forçant à me concentrer sur la tâche à accomplir, je versai un peu d'eau oxygénée sur la gaze avant d'en tamponner délicatement la coupure sur son front. Le poids du regard sombre de Wonjin sur moi me mettait mal à l'aise. Moins j'essayais d'y prêter attention, plus je le ressentais intensément.

— Tu me dévisages, lâchai-je enfin.

Wonjin haussa un sourcil, l'expression de son visage indiquant qu'il s'apprêtait à me narguer d'une manière ou d'une autre.

— Évidemment. Tu te tiens juste devant moi, remplissant tout mon champ de vision, répondit-il de manière factuelle. Si je baisse les yeux, je vais regarder tes seins, ce que tu n'approuverais sûrement pas.

J'inspirai brusquement et le fixai, bouche bée pendant une seconde, privée de mots. Il n'avait pas tort. Mais la suffisance de son sourire discret me donna envie de le gifler.

— Je peux détourner les yeux si tu te sens intimidée. Cependant, tu pourrais te sentir offensée et supposer que je n'aime pas te regarder, continua-t-il, une pointe de défi se glissant dans sa voix.

— Je ne penserais pas cela, marmonnai-je en fronçant les sourcils.

— C'est ce que tu voudrais que je fasse alors ? Que je détourne les yeux et que je ne te regarde pas ? insista-t-il.

Cette fois, l'espièglerie avait quitté sa voix. La tension subtile qui la remplaça laissait entendre que ma réponse avait de l'importance pour lui. Avant que Rihanna ne mentionne le possible engouement de Wonjin pour moi, un tel détail serait passé à des kilomètres au-dessus de ma tête. J'étais du genre à ne pas savoir quand les gens avaient le béguin pour moi. En général, il fallait qu'un homme tienne pratiquement une enseigne en néon pointée vers moi et qu'il crie ses sentiments dans un porte-voix pour que je comprenne.

En l'occurrence, mon instinct me disait que Wonjin voulait savoir si son intérêt me déplaisait.

— Non, je... Ça ne me dérange pas que tu me regardes, murmurai-je.

— Cela ne te *dérange pas*, mais *préférerais-tu* que je ne le fasse pas ? insista-t-il encore.

— Si je ne voulais pas que tu me regardes, je te l'aurais dit. Tu peux regarder autant que tu veux... Si tu veux.

L'expression qui se dessina sur ses traits me troubla. Nos regards se croisèrent, et la profondeur sombre du sien sembla m'attirer, m'engloutissant tout entière. Ma peau me picota et l'envie soudaine de me pencher en avant et d'embrasser ses lèvres pulpeuses surgit en moi avec une violence qui me laissa pantoise. Une mèche de ses cheveux bruns tombant sur son front et effleurant la blessure que je venais de nettoyer me sortit de mon hébétude.

La magie rompue, je clignai des yeux et me détournai de lui pour poser la gaze souillée sur l'établi et m'emparer d'un pansement. Avant même que je ne puisse commencer à le déballer, un grognement sauvage s'éleva de la gorge de Wonjin. Stupéfaite, je me figeai et lui jetai un coup d'œil.

— Tu ne me mettras pas de pansement, femme, grinça-t-il entre ses dents.

— Mais...

— Pas. De. Pansement.

Son ton définitif et la lueur dure dans ses yeux indiquaient clairement qu'il n'y aurait pas de discussion possible. Ce n'était pas une si grosse coupure et il n'avait pas vraiment besoin de pansement. Je faillis demander pourquoi, puis je compris. Les mâles yurus tiraient une grande fierté de leur force et de leurs prouesses au combat. Ils exhibaient leurs cicatrices comme des trophées. Si on le voyait se promener avec un pansement sur une si petite égratignure, ses camarades de clan se moqueraient de lui en le traitant de faible. Compte tenu des brimades qu'il avait subies par le passé, je comprenais pourquoi il refusait catégoriquement de donner à quiconque des raisons de se moquer de lui à nouveau.

— D'accord, marmonnai-je. Mais laisse-moi replacer cette mèche de cheveux pour qu'elle ne se frotte pas dessus.

Wonjin se détendit instantanément et grogna son assentiment. Mon estomac frémit lorsque j'attrapai la mèche ondulée et la replaçai sous la tresse unique dans laquelle il avait attaché la partie supérieure de sa chevelure. La partie inférieure pendait librement sur ses épaules, encadrant sa barbe touffue, également ornée de deux petites tresses.

— Tes cheveux sont vraiment doux, remarquai-je à voix haute, agacée par ma bouche perfide qui révélait mes pensées.

Wonjin bomba le torse.

— Contrairement à certains autres idiots, j'entretiens correctement mes cheveux et ma fourrure, et je ne les souille pas inutilement.

Je m'ébrouai. Certains Yurus mâles avaient parfois tendance à être un peu négligés, s'essuyant les mains sur leur fourrure lorsqu'ils mangeaient.

— C'est ce que je constate, répondis-je en luttant contre l'envie de passer mes doigts sur les mèches soyeuses à l'arrière de sa tête, juste en dessous de ses cornes.

— Tu peux toucher, dit Wonjin, comme s'il avait lu les pensées qui traversaient mon esprit. Vas-y.

Je m'humectai les lèvres nerveusement et obtempérai. Mon Dieu ! Ils étaient d'une douceur inouïe. J'avais envie d'enfouir mon visage dans ses cheveux et de me frotter contre eux. Les lèvres de Wonjin s'écartèrent et ses yeux sombres s'embrasèrent tandis que ma main glissait jusqu'à son épaule pour caresser la fourrure duveteuse qui s'y trouvait. Réalisant à quel point j'étais devenue audacieuse, j'écartai vivement ma main. Rapide comme l'éclair, Wonjin attrapa mon poignet de sa main gauche et replaça ma paume sur son épaule, son regard s'embrasant davantage.

— Ne t'arrête pas. Je suis heureux de t'aider à assouvir la curiosité que tu peux avoir à mon égard ou à l'égard de mon peuple, dit Wonjin, sa voix grave semblant avoir baissé d'une octave.

À mon grand désarroi, mon esprit plongea instantanément dans les caniveaux en entendant ces paroles. Curieuse ? Oui, j'étais curieuse. Et mes yeux indiquèrent clairement quelle était la source principale de ma curiosité lorsqu'ils se baissèrent et fixèrent son entrejambe.

Son halètement audible me fit redresser la tête, alors que mes joues étaient sur le point d'entrer en combustion. Même si ses oreilles frétillèrent, son visage ne prit pas son habituelle expression de gêne.

— Eh bien, je crois que nous en avons terminé, dis-je, mortifiée.

Je me détournai pour mettre de la distance entre nous et tentai de libérer mon poignet de son emprise. Toutefois, non seulement Wonjin tint bon, mais il se leva. Me dominant d'une bonne tête, il me fixa avec une intensité qui fit vaciller mes genoux.

— Vraiment, Lara ? En avons-nous terminé ? demanda-t-il, un défi dans la voix.

J'ouvris et refermai plusieurs fois la bouche, toute pensée cohérente que j'aurais pu former ayant apparemment décidé qu'il était temps de prendre un congé prolongé. Mon souffle s'étrangla dans ma gorge lorsque, tenant toujours ma paume appuyée sur son épaule, Wonjin glissa un bras autour de ma taille et m'attira contre son corps musclé.

Un étrange mélange de désir, de méfiance et de détermination se dessina sur ses traits tandis qu'il étudiait ma réaction à son geste audacieux.

— Dis-moi de te relâcher et je le ferai, dit-il d'une voix si épaisse et grondante que sa poitrine vibra contre la mienne.

Mon cerveau encore à moitié gelé me disait que c'était le bon moment pour prendre une décision. À un niveau viscéral, je comprenais que ce qui allait se passer dans les prochaines secondes changerait à jamais le cours de ma relation avec Wonjin. Étais-je prête à franchir cette ligne ?

Comme je ne disais rien, son regard s'assombrit encore, et le bras qui m'entourait resserra son étreinte, me serrant encore plus étroitement contre son corps ferme.

— Je veux t'embrasser, Lara. Y consens-tu ?

Un éclair de désir explosa au creux de mon estomac, faisant courir des vrilles ardentes dans mes veines. Mes yeux se fixèrent sur ses lèvres pulpeuses et sur la petite paire de défenses immaculées qui encadraient sa bouche. Mes lèvres s'entrouvrirent par anticipation et mon pouls s'accéléra. Je posai ma main libre sur son autre épaule, attendant qu'il passe à l'action.

Au lieu de cela, il fronça légèrement les sourcils, son visage prenant une expression sévère.

— Y consens-tu, Lara ? répéta-t-il, cette fois-ci avec plus de force.

Je compris alors qu'il ne m'embrasserait pas – et qu'il me relâcherait probablement – si je n'exprimais pas verbalement mon accord.

— Oui, soufflai-je, l'estomac frémissant et mes mamelons se durcissant.

Un sourire triomphant – presque prédateur – se dessina sur ses lèvres tandis que la main qui tenait ma paume contre son épaule gauche glissait le long de mon bras en une douce caresse avant de s'enrouler autour de ma nuque. Sa main était si grande qu'elle aurait facilement pu me broyer le cou comme on froisse une feuille de papier. Pourtant, loin de m'effrayer, cela m'excita au plus haut point. Être à la merci d'un mâle aussi puissant qui vous manipulait avec un soin et un respect extrêmes était follement excitant.

Wonjin baissa la tête. Les yeux rivés aux miens, il effleura légèrement mes lèvres, étudiant mes réactions. Je m'avançai vers lui, pressant ma bouche contre la sienne. Je le sentis sourire en réponse. Son étreinte se resserra davantage, tandis qu'il prenait le contrôle du baiser. Wonjin ne chercha pas à l'approfondir tout de suite, se contentant d'exercer une certaine pression, comme pour me permettre de me familiariser avec la sensation de ses défenses. Loin d'être gênante, c'était même agréable et cela ajoutait un léger sentiment d'excitation et de l'interdit.

Sa bouche s'éloigna ensuite de la mienne, glissant le long de ma mâchoire, descendant jusqu'à mon cou, puis remontant vers le lobe de mon oreille. Un ronronnement d'approbation fit vibrer sa large poitrine lorsque je tressaillis dans ses bras. Ce point situé juste derrière mon oreille était très sensible. Il suça mon lobe d'oreille, le mordillant avant de lever la tête pour me regarder. La possessivité de son regard me fit vaciller les genoux.

Pendant une fraction de seconde, je crus qu'il allait dire quelque chose. Au lieu de cela, il m'embrassa à nouveau, cette fois, sa langue envahissant ma bouche comme un conquérant. Un éclair de feu explosa au creux de mon estomac, et une palpitation sourde s'éveilla entre mes cuisses. Je glissai une main dans ses cheveux, tandis que l'autre caressait son torse incroyablement musclé et son flanc, avant de se faufiler dans son dos. Mon Dieu, son corps était parfait. Les parties de sa peau dépourvues de fourrure étaient aussi douces que celles d'un humain. Le sentir frissonner à son tour sous mon contact me procura un sentiment de puissance inouï.

Enhardi par ma réaction, Wonjin se montra plus audacieux, sa main caressant mon dos dans un mouvement descendant avant de se poser sur mes fesses. Il ne se contenta pas de serrer celle de droite, il l'agrippa, la maintint, puis pressa mon bassin contre le sien.

Sa bouche avala mon hoquet de surprise lorsque je sentis son membre durcir rapidement entre nous. Malgré mes vêtements et son pagne, je percevais clairement son énorme massue qui commençait à pousser contre mon estomac. D'habitude, je tirais une grande fierté de mon sang-froid et de mon stoïcisme. Mais là, je me dégageai de son étreinte, reculai d'un pas, et regardai son aine bouche bée, comme un poisson. Évidemment, je ne pouvais rien voir derrière l'épais tissu qui ressemblait à du cuir, mais je le fixai comme si je m'attendais à ce qu'un boa jaillisse de là.

Plutôt un anaconda...

Ce fut au tour de Wonjin de hoqueter, ramenant mon regard sur son visage tandis que mes joues brûlaient de mille feux.

— Détourne les yeux, femelle. Je ne vais pas te montrer mon membre. D'abord, tu aurais dû au moins me proposer une promenade intime dans les bois, ou un de ces dîners romantiques dont les humains sont apparemment friands pendant la phase de 'faire connaissance', dit-il, l'air outré. Et deuxièmement, tu ne m'as même pas réclamé ! Je suis profondément vexé.

— Non, je... Ce n'est pas... Je n'ai pas...

Les mots me manquaient pour trouver une réponse appropriée. Je ne pouvais certainement pas lui expliquer qu'en sentant son énorme queue entre nous, j'avais instantanément craint d'être fendue en deux en essayant de le chevaucher. Mais cela impliquait que je supposais qu'il accepterait de faire une partie de jambes en l'air avec moi. Plus troublant encore, cela laissait entendre que j'envisageais de le faire avec lui.

À ma grande surprise, l'indignation apparente de Wonjin s'estompa aussi vite qu'elle s'était enflammée. Son visage se fondit dans un sourire doux, presque moqueur, tandis qu'un gloussement s'échappait de sa gorge. Je compris alors qu'il me taquinait. Il me ramena avec précaution contre son corps, et je me laissai faire, trop estomaquée pour réagir autrement – à part avoir envie de lui botter le cul.

— Ne me crains pas, ni quoi que ce soit à mon sujet, ma Lara, dit Wonjin d'une voix douce, mais sérieuse. Rien ne presse entre nous. Le moment venu, je prendrai grand soin de toi. Le Grand Chef Zatruk et Rihanna sont la preuve qu'une humaine et un Yurus peuvent s'unir harmonieusement. Tu es faite pour moi, et moi pour toi. Je te réclame comme ma femelle.

Ma peau était à la fois chaude et froide, tandis que mon cerveau se sentait déboussolé. Puisque ma misérable bouche avait sa propre volonté – généralement insolente ou sarcastique – elle opta pour son mécanisme de défense habituel lorsque mon cerveau ne réagissait pas assez vite.

— Le moment *venu* ? répétai-je. Tu supposes qu'il viendra.

À peine ces paroles eurent-elles franchi mes lèvres que je me fustigeai intérieurement. Je n'étais pas venue ici pour entamer une relation, mais maintenant que Wonjin avait fait le premier pas, cette idée commençait à me tenter.

Totalement imperturbable, Wonjin se pencha en avant, ses mains se resserrant autour de ma taille tandis que ses yeux noirs plongeaient dans les miens.

— Es-tu en train de rejeter ma réclamation, Lara ?

Je fronçai les sourcils et marmonnai quelque chose d'inintelligible.

— Ce n'était pas une réponse. Je t'ai posé une question. Rejettes-tu ma réclamation ? insista-t-il, plus sévèrement.

Cette fois, je lui lançai un regard agacé.

— C'est quoi, ton problème d'insister pour avoir des réponses claires ? demandai-je, exaspérée par le côté geignard de ma voix.

— Parce que lorsqu'il s'agit du consentement d'une femme, il ne devrait jamais y avoir de doute, dit-il, cette fois-ci sans la moindre espièglerie. Je veux que tu sois à moi, et je veux que tu me réclames. Si tu ne veux pas de moi, dis-le maintenant.

Pour une raison obscure, ma stupide bouche refusait simplement d'être d'accord et devait continuer à se montrer difficile.

— Et si je dis non ?

À ma grande surprise, il ne sembla ni blessé ni contrarié. Wonjin se contenta de hausser les épaules, une expression suffisante sur le visage.

— Tu ne diras pas non. Si c'était ton intention, tu l'aurais déjà fait. Et tu ne serais pas encore dans mon étreinte, les bras autour de ma taille.

Mes yeux s'écarquillèrent de stupeur lorsque je réalisai que j'avais effectivement passé mes bras autour de lui et que j'étais appuyée contre son corps ferme. Je ne me souvenais pas avoir fait tout cela.

— Mais pour répondre à ta question – comme je pratique ce que je demande aux autres – si tu disais non, je continuerais simplement à te courtiser sans relâche jusqu'à ce que tu cèdes. Tu es à moi, et je suis à toi. Il serait préférable que tu nous épargnes à tous les deux des maux de tête et que tu cèdes dès à présent, déclara-t-il d'un ton posé.

J'éclatai de rire tout en secouant la tête en signe d'incrédulité. Normalement, les personnes présomptueuses – pour ne pas dire arrogantes – me mettent mal à l'aise. Je pouvais devenir très contradictoire spécifiquement pour les contrarier ou les faire descendre de leur piédestal. Mais l'affirmation audacieuse de Wonjin fit plutôt friser mes orteils. La subtile timidité sous-jacente dans ses yeux joua certainement un rôle dans ma réaction.

— Quand tu le dis d'une manière aussi romantique, comment pourrais-je dire non ? répondis-je d'un ton moqueur.

— Tu ne le peux pas, répondit-il d'un ton pince-sans-rire. Es-tu à moi, Lara ?

— Je ne sais pas. Qu'est-ce que cela implique ? demandai-je, me demandant une fois de plus pourquoi je faisais traîner les choses, sachant déjà que la réponse était oui.

— Cela signifie que je peux te serrer dans mes bras et t'embrasser quand je le désire, te gâter même quand tu le contestes sans bonne raison autre que tes étranges principes humains, et passer du temps avec toi autrement que pour travailler sur le projet de Zatruk. Cela signifie aussi que tu m'accordes le droit de fracasser le crâne de tout mâle qui oserait remettre en question le fait que tu sois à moi.

Je m'ébrouai.

— Je savais qu'il y aurait un peu de fracassement de crânes là-dedans.

— Bien sûr ! rétorqua-t-il fièrement.

Cependant, son sourire s'effaça presque instantanément, une expression sérieuse s'installant sur ses traits.

— Est-ce que ça te dérange qu'on se batte ?

Je pris une seconde pour réfléchir à ma réponse, ce qui lui fit immédiatement prendre un air inquiet. Souriant de manière rassurante, je frottai ma paume sur son torse d'une manière que j'espérais apaisante pour lui.

— Maintenant que je comprends que c'est un besoin physiologique pour les mâles de ton espèce de se battre régulièrement, cela ne me dérange plus, répondis-je en toute sincérité. Mais vous, les Yurus, vous êtes tellement forts que je ne peux pas m'empêcher d'avoir peur pour toi, parfois. Les coups que vous échangez lors de ces rixes briseraient les os d'un humain. C'est déroutant.

L'immense sourire qui étira ses lèvres me chamboula. En temps normal, Wonjin n'avait que trois expressions : un air grincheux et peu impressionné, une mine sévère ou un regard féroce insinuant « Je vais te démembrer, lentement et péniblement ». Enfin, si l'on excluait son air embarrassé tandis que ses oreilles tombantes battaient comme les ailes d'un papillon... Mais je pourrais assurément m'habituer à cet air doux et heureux sur son visage, sachant que j'étais la seule à pouvoir le faire apparaître.

— Tu t'inquiètes pour mon bien-être, ma conjointe, dit-il d'un air suffisant. Je savais que tu te souciais de moi. Mais ce n'est pas nécessaire. Il faudra bien plus qu'une simple bagarre pour que je sois blessé. Maintenant, réclame-moi, femelle.

— Si autoritaire, marmonnai-je en fronçant les sourcils. Très bien, espèce de brute. Je te réclame. Mais ne te sers pas de moi comme excuse pour aller tabasser tes amis.

— Je n'ai pas besoin d'excuses pour ça, dit-il triomphalement, avant de me soulever.

Je poussai un petit cri, mes jambes s'enroulant instinctivement autour de sa taille et mes mains s'agrippant à ses larges épaules. Quels que fussent les mots que j'avais voulu prononcer, il les avala dans un baiser avide. Les palpitations sourdes entre mes cuisses revinrent en force tandis que la langue de Wonjin envahissait ma bouche. Malgré le contrôle évident qu'il exerçait, je pouvais sentir la passion qui brûlait en lui et qui ne demandait qu'à être libérée.

Un gémissement s'éleva de ma gorge lorsque sa main droite se posa sur mon postérieur, le caressant avec une possessivité et une urgence qui firent se contracter mes parois intérieures. Mon Dieu, comment diable faisait-il pour m'exciter aussi rapidement ? Alors même que nos langues s'affrontaient, je sentis son membre se durcir à nouveau contre mon ventre. Cette fois, je ne paniquai pas et ne tentai pas de m'éloigner. Au contraire, je poussai mon bassin vers l'avant et commençai à me frotter à lui tandis que mes mains parcouraient son corps musclé.

À mon grand choc, Wonjin mit brusquement fin au baiser. Il rejeta la tête en arrière en poussant un grognement presque furieux qui résonna directement dans mon aine et fit durcir instantanément mes mamelons. Il empoigna mes cheveux au niveau de la nuque et maintint ma tête devant la sienne tout en me fixant d'une expression féroce qui me fit mouiller. Ses narines se dilatèrent et sa poitrine vibra d'un nouveau grognement. Que Wonjin puisse sentir mon excitation ne me gênait nullement. En ce moment même, je me sentais tellement excitée que je voulais qu'il me plaque le dos sur son établi et qu'il me baise à mort.

Cela n'avait aucun sens compte tenu du fait que j'agissais habituellement de manière assez pudique.

Les yeux rivés aux miens, l'air de vouloir m'infliger des sévices inimaginables, Wonjin se mit à marcher. Un éclair de désir explosa au creux de mon estomac, et ma peau s'échauffa sous l'effet de l'anticipation et d'un désir irrationnel qu'il me ravage. Mais au fond de mon esprit, une petite voix paniquée me disait de ralentir les choses. Cela allait trop vite. C'était trop tôt. On ne baisait pas au premier rendez-vous. D'ailleurs, nous n'avions même pas eu de rencard pour commencer !

Et pourtant, ma stupide bouche choisit ce moment pour ne pas s'exprimer au hasard. Je demeurai silencieuse, mes parois intérieures se contractant spasmodiquement sous l'effet du besoin d'être comblées.

— Tu es un danger, femme, grommela Wonjin, sa voix si graveleuse de désir que ses paroles étaient presque inintelligibles. Mais tu ne me feras pas succomber à la tentation... pour l'instant.

Il fallut un moment à mon cerveau pour comprendre le sens de ses paroles. Ce ne fut qu'une fois qu'il s'arrêta de marcher que je compris enfin qu'il ne se dirigeait pas vers la porte menant au reste de la maison. Il s'était plutôt rendu devant la porte menant à l'extérieur, puis me remit sur mes pieds.

Sans voix, je le dévisageai alors qu'il ouvrait la porte et me faisait signe de sortir.

— Je t'emmène sortir avec moi, dit-il avec son habituel ton grincheux.

CHAPITRE 4
WONJIN

Un brasier faisait rage dans mes reins alors que j'attendais que ma femelle sorte de ma forge. À en juger par l'expression déconcertée de son beau visage, Lara ne comprenait pas pourquoi je l'emmenais dehors plutôt que dans ma chambre à coucher. Les Ancêtres savaient que je ne désirais rien d'autre que cela. Même maintenant, je devais faire appel à toute ma volonté pour ne pas la jeter sur mon épaule et l'emmener dans ma chambre afin de me déchaîner sur elle. Mais elle devait savoir que de vrais et profonds sentiments m'animaient en ce qui la concernait, et pas seulement la luxure. J'allais la courtiser comme il se devait avant de céder à la passion brûlante qu'elle éveillait en moi.

Lara était à moi, ma femme... ma conjointe.

Je n'arrivais toujours pas à croire qu'elle avait consenti à être mienne et qu'elle m'avait réclamé comme sien. Dès que j'avais posé les yeux sur elle, Lara avait enflammé mon sang. Je n'avais jamais été aussi affamé d'une femelle que je l'étais d'elle. C'était d'autant moins logique qu'avant elle, je n'avais jamais considéré les femmes humaines comme particulièrement attirantes.

La première fois que j'avais vu un humain, j'avais pensé qu'il s'agissait d'un mutant ou d'une créature horriblement défigurée. Leurs jambes droites m'avaient semblé déformées. Mais la grâce avec laquelle ils parvenaient à marcher avec m'avait fait comprendre à l'époque qu'il ne s'agissait pas réellement d'une difformité.

Ils étaient chétifs, physiquement faibles, sans fourrure, ni cornes, ni queue, autant d'éléments qui contribuaient à l'attrait des Yurus. La taille et le lustre des sabots d'un Yurus en disaient long sur sa santé et la force de sa lignée. Des sabots épais, plus larges à la base et dotés d'une fente parfaitement centrée attiraient à coup sûr de nombreux regards admiratifs. Mais les humains marchaient sur une version bizarre et modifiée de leurs mains, qu'ils appelaient pieds, avec des doigts courts nommés orteils.

Mon horreur initiale face à un tel spectacle s'était estompée au fil des ans, se transformant lentement en indifférence. Mais maintenant, je les trouvais plutôt adorables, surtout sur ma femme. Lara portait souvent des couvre-pieds ouverts que les humains appelaient sandales. Compte tenu de la chaleur qui règne presque toute l'année sur Cibbos, il était logique que les humains protègent leurs pieds fragiles avec des couvre-pieds qui ne soient pas trop chauds. Les pieds de Lara étaient menus, ses orteils délicats et souvent ornés de jolies couleurs sur les ongles. Lorsqu'elle était concentrée ou qu'elle réfléchissait à un problème, elle les agitait de la manière la plus mignonne qui soit, les gros orteils se dressant et restant relevés lorsqu'une idée géniale lui venait soudain à l'esprit.

Dès que Lara sortit de la forge, je la suivis et refermai la porte derrière moi. Je contemplai son beau visage, luttant contre l'envie de l'embrasser à nouveau. Elle me regardait avec une expression confuse. L'odeur persistante de son excitation me donnait envie de reconsidérer mon plan.

— Je t'emmène sortir avec moi, expliquai-je, agacé par mon

ton. Je ne me fais pas confiance pour ne pas perdre le contrôle si nous restons à l'intérieur de ma demeure.

Comme la plupart des mâles yurus, je parlais d'une manière qui paraissait souvent belliqueuse. Ce n'était pas mon intention. Cela sortait tout simplement de cette façon.

Lara cligna des yeux. Sa surprise céda la place à quelque chose qui ressemblait à de la timidité lorsqu'elle me sourit. Mon cœur se gonfla : ma femelle approuvait mon plan d'action.

— Un rencard, hein ? D'accord. Où ça ? Et tu n'étais pas censé me montrer le speeder ? demanda Lara.

— Oui, un rencard dans mon endroit préféré pour passer du temps seuls. Le speeder peut attendre. Tu es trop tentante pour que nous puissions nous attarder ici en toute sécurité, répondis-je en lui prenant la main.

Sa main semblait si fragile dans la mienne, bien plus grande, que cela réveilla instantanément mes instincts protecteurs. La façon dont elle referma avec confiance ses petits doigts autour des miens me fit un effet très agréable. Les Yurus ne marchaient pas main dans la main avec leurs conjointes. Les démonstrations d'affection en public ne nous posaient pas de problème, mais elles se limitaient le plus souvent à ce que nos femelles s'assoient sur nos genoux lors des repas partagés sur la grand-place.

La courte marche jusqu'à l'étable nous obligea à passer devant la grand-place... où mes camarades de clan se battaient encore. Un autre groupe de pugilistes s'affrontait, certains des anciens bagarreurs se tenant maintenant à l'écart pour les encourager. Manifestement, le premier combat auquel j'avais pris part était terminé et un nouveau avait commencé pour une autre raison stupide.

En voyant Gulkis asséner un solide coup de poing au visage odieux de Tarmek, mes lèvres se retroussèrent en un sourire presque malicieux. Entendre Lara soupirer de découragement l'effaça aussitôt. Je lui jetai un regard inquiet. Le soulagement m'envahit lorsque je réalisai que c'était le combat de mes camarades de clan qui avait provoqué sa réaction, et non mon plaisir de voir mon ancien tourmenteur se faire malmener. Elle secoua la tête devant les mâles, comme on l'aurait fait devant un cas désespéré.

Même si ma Lara affirmait comprendre pourquoi nous, les Yurus, avions besoin de nous battre, je craignais qu'elle ne finisse par se lasser que nous le fassions. Se battre n'était pas seulement un besoin physiologique pour les mâles yurus, pour moi, c'était une véritable addiction. J'adorais me battre. Même à l'époque où mes camarades de clan abusaient de ma blessure, je ne me lassais pas de la bataille. Maintenant que Luana, la doctoresse de la colonie humaine, m'avait guéri, j'étais encore plus obsédé par le combat. Des années passées à me battre malgré mon handicap avaient fait de moi un adversaire redoutable. Maintenant que je ne souffrais plus de cette vulnérabilité, peu de gens osaient me défier. Même Tarmek, qui avait été considéré comme le seul rival potentiel du Grand Chef Zatruk, se tenait désormais à l'écart.

Je frémis à l'idée que cela puisse devenir un problème.

Les badauds qui se retournaient pour nous dévisager, Lara et moi, balayèrent ces sombres pensées. Même les pugilistes cessèrent peu à peu de se battre pour nous observer, la scène ressemblant étrangement au premier jour où Zatruk avait amené sa conjointe Rihanna à Mutarak.

Alors que je bombais le torse de fierté, une terrible pensée me traversa l'esprit. Mes yeux se tournèrent vers ma conjointe pour évaluer sa réaction en voyant notre toute nouvelle relation ainsi exposée au monde. Serait-elle gênée ? Serait-elle mal à l'aise ? Serait-elle... ?

Un seul coup d'œil sur son magnifique visage fit gonfler mon cœur à bloc. Levant son menton pointu d'un air provocateur, ma femme resserra son emprise sur ma main, comme si elle mettait au défi quiconque de contester ses droits sur moi. La fierté que je ressentais à l'idée de pouvoir dire que cette humaine était mienne et d'avoir été réclamée par elle monta en flèche. Je contractai mes muscles pour paraître plus imposant et tapai des sabots pour donner à ma démarche un maximum d'allure. J'agitai même ma queue de gauche à droite sur un large rayon, dans un geste de vantardise.

Tandis que nous passions devant la foule stupéfaite, j'établis un contact visuel avec autant de mâles que possible, à la fois pour les défier et pour leur montrer comment moi, Wonjin, j'avais gagné l'affection d'une femelle dont ils ne pouvaient que rêver de susciter l'intérêt.

Un mouvement au bord de la foule attira mon attention. Ma poitrine se réchauffa d'amour en reconnaissant ma mère. Les deux paumes pressées sur son cœur, elle nous regardait avec un sourire presque larmoyant, la joie qu'elle éprouvait pour moi étant évidente pour tous. Je ne lui avais pas caché mes sentiments pour Lara. Mère avait été convaincue que je pouvais la conquérir, mais j'en avais sincèrement douté. Bien que sachant que c'était faux, j'avais commencé à croire que j'étais un idiot trop endommagé pour mériter l'amour d'une femelle digne de ce nom, après des décennies à me le faire répéter par mes camarades de clan.

La première fois que je l'avais rencontrée, Lara m'avait à peine jeté un coup d'œil, ce qui n'avait pas aidé. Certes, elle avait été fascinée par le speeder que nous avions apporté à la colonie de Kastan dans l'espoir que l'un des ingénieurs humains puisse nous aider à résoudre certains problèmes de conception.

Même si elles me respectaient intellectuellement, nos propres femelles ne m'avaient jamais considéré comme un conjoint potentiel à cause de ma précédente blessure. Elles craignaient que notre progéniture soit faible et endommagée. Ce ne fut qu'après que Luana m'eut guéri qu'elles se mirent soudainement à me manifester de l'intérêt. Mais Lara avait déjà conquis mon cœur.

Ancêtres, je n'arrivais toujours pas à croire qu'elle était à moi.

Nous aurions pu marcher jusqu'à mon « antre secret » situé juste à l'extérieur des murs de la ville, mais je conduisis ma femme à l'étable.

— Non, tu montes avec moi, dis-je d'une voix sévère lorsqu'elle se dirigea vers son zébis.

D'après le regard qu'elle me lança, Lara n'était pas très enthousiaste à l'idée que je lui « donne des ordres », comme Rihanna aimait à le dire.

— Je suis pelucheux. Tu seras bien plus confortable avec moi, ajoutai-je, mes oreilles stupides frétillant à nouveau.

Faire référence à moi dans ces termes complètement absurdes était déjà gênant en soi. Mais Rihanna l'utilisait souvent envers son conjoint comme quelque chose de très positif.

Après m'avoir sévèrement humilié le jour de son arrivée à Mutarak, notre maîtresse de clan avait fait preuve d'une gentillesse inattendue à mon égard, allant jusqu'à m'adopter comme son petit frère, même si j'étais bien plus grand et plus âgé qu'elle. Grâce à elle, et pour la première fois depuis longtemps, j'avais senti que je comptais, que j'étais intelligent et que j'avais beaucoup à offrir. Certes, ma mère me l'avait toujours dit, mais c'était son devoir. Rihanna était vraiment devenue la sœur de mon cœur. Le fait qu'elle obtienne de Luana qu'elle me guérisse avait scellé ce lien.

Je n'avais donc aucun scrupule à suivre ses suggestions ou ses conseils. Et une fois de plus, cela s'avéra judicieux. Je finis à peine de prononcer ces paroles idiotes que le sourcillement de Lara disparut. Une expression amusée se dessina sur ses traits tandis qu'elle m'examinait lentement de haut en bas.

Par les Ancêtres, comme j'aimais la façon possessive dont elle promenait son regard sur moi dans une lente caresse.

— Quand tu le présentes comme ça, c'est difficile de résister.

Tu es effectivement plutôt pelucheux, concéda Lara avec un sourire dans la voix.

Je fis taire un gémissement intérieur devant cette humiliation que j'avais provoquée. Ma femelle aurait dû me considérer comme féroce, intimidant et redoutable. Pas pelucheux.

Après avoir soigneusement soulevé ma Lara pour la placer sur Cilo, je grimpai derrière elle. Elle s'adossa à moi et je passai aussitôt un bras possessif autour d'elle. Je ne fis aucun effort pour retenir le ronronnement qui monta dans ma gorge.

Ancêtres, elle était si douillette dans mes bras !

— Oui, tu es très confortable ! ajouta-t-elle en riant.

Elle se pressa davantage contre mon torse tout en posant une main sur mon bras qui la tenait. Mon cœur se gonfla et je frottai doucement ma joue contre la sienne, la marquant de mon odeur.

J'avais envie de me pincer pour m'assurer que ce n'était pas juste un autre de mes fantasmes d'avoir enfin réclamé Lara. Ce matin, alors que je me préparais à lui montrer le speeder, j'avais essayé de trouver une excuse pour retarder le moment où il serait terminé ou pour trouver quelque chose de nouveau sur lequel nous pourrions collaborer. Comme les travaux sur l'arène de combat allaient bientôt commencer, je n'aurais plus eu l'occasion de passer du temps avec elle et d'espérer qu'elle me voie enfin. Jamais je ne me serais attendu à une telle tournure des événements.

Nous sortîmes de Mutarak à une allure d'escargot et empruntâmes le sentier menant à l'étang situé à dix minutes de marche des remparts de la ville. Une partie de moi voulait aller plus loin dans les bois pour prolonger cette agréable balade. Une autre partie s'inquiétait légèrement du fait que je n'avais pas correctement planifié cette sortie. J'aimais les choses organisées. Par conséquent, cette sortie impromptue était non seulement contraire à mon comportement habituel, mais révélait également à quel point je m'étais senti dépassé par les événements.

Je voulais que Lara m'apprécie. Correction : je voulais que

Lara tombe amoureuse de moi. Pour cela, j'allais tout faire correctement, d'abord en lui montrant du respect et de la retenue. Mais les coutumes humaines me déconcertaient toujours, malgré toutes les lectures que j'avais faites sur le sujet ces derniers temps. Sa réaction horrifiée face au faucon lunaire dont je lui avais fait cadeau me piquait encore. Rihanna m'avait expliqué plus tard qu'une telle offrande ne signifiait rien pour les humains. Lara avait tenté d'apaiser la blessure en m'apportant un morceau du faucon cuit. Mais il ne fallait pas être un génie pour comprendre que même si elle avait apprécié le geste, il ne signifiait pas grand-chose pour elle.

— Alors, c'est quoi, cet endroit où tu m'emmènes ? demanda Lara.

— Nous l'appelons l'étang, mais un lac peu profond serait sans doute plus juste, répondis-je alors que nous approchions de la clairière qui y menant. Quand j'étais jeune, j'y passais des heures, parfois toute la journée.

— Vraiment ? À faire quoi ? demanda-t-elle avec une curiosité sincère.

— Tout, de la lecture aux études, en passant par la natation, la pêche ou le polissage de mes armes, répondis-je en ne mentionnant pas le fait que j'avais beaucoup rêvassé.

Elle ouvrit la bouche pour poser une question, puis s'arrêta, se mordant la lèvre inférieure à la place.

— Qu'allais-tu demander ? Tu peux parler librement, dis-je d'un ton doux.

— Je... hmmm...

— Laisse-moi deviner, dis-je lorsque sa voix s'estompa. Tu allais me demander si je venais ici seul ou si j'avais eu envie de jouer avec les autres jeunes. N'est-ce pas ?

Je souris lorsque la rougeur de son visage confirma mes soupçons.

— N'oublie pas que je t'ai réclamée comme ma femelle, et que tu m'as réclamé comme tien, la réprimandai-je gentiment.

Cela signifie que tu peux me poser librement n'importe quelle question. Pour que cela fonctionne, nous devons être capables de discuter de n'importe quel sujet et de partager ouvertement nos pensées l'un avec l'autre sans crainte.

— Tu as raison, dit-elle d'un ton penaud. Mais je sais que tu as été blessé avant. Je ne veux pas te faire de peine si c'est encore un sujet sensible.

— Les épreuves que j'ai endurées à cause de cette blessure seront toujours un souvenir douloureux pour moi, mais elles ne me définissent pas. C'est en apprenant à vivre avec et en surmontant ce défi que je suis devenu qui je suis, dis-je en toute honnêteté. Cela ne me dérange pas d'en parler.

Se penchant de côté, Lara me regarda par-dessus son épaule avec une lueur approbatrice qui me donna envie de ronronner.

— C'est une bonne façon de voir les choses, dit Lara. Mais oui, ce sont les questions générales que je voulais te poser.

Je grognai en signe d'assentiment.

— Aucun autre jeune ne passait de temps avec moi. Cet endroit était à la fois mon terrain de jeu et mon refuge.

Les arbres s'écartèrent devant nous, révélant l'oasis étonnante qui demeurait mon havre sacré. Le grand étang aux eaux cristallines s'étendait sur près de trois cents mètres. Tout autour, de vastes étendues gazonnées m'avaient offert beaucoup d'espace pour courir lorsque j'étais enfant, protégé par l'intimité apportée par la lisière des arbres. Quelques buissons à fruits à proximité – dont la plupart avaient été plantés par moi dans mon enfance – m'avaient permis de me restaurer lorsque je n'étais pas d'humeur à pêcher ou à cuisiner.

— C'est magnifique, souffla Lara lorsque j'arrêtai Cilo près des arbres.

— Je suis content que ça te plaise, grommelai-je, mon stupide ton grincheux refaisant surface dès que je recommençais à me sentir gêné.

Cela n'avait aucun sens étant donné qu'elle ne me jugeait pas moi, mais un environnement naturel. Pourtant, c'était mon endroit de prédilection. Si elle avait trouvé qu'il n'était pas à la hauteur, je l'aurais sans doute pris personnellement.

Je l'aidai à descendre et la guidai par la main pour lui faire visiter les lieux.

— Comme tu l'as sans doute remarqué, les Yurus ne sortent pas vraiment des murs de la ville, sauf pour chasser, expliquai-je tandis que nous marchions le long de l'eau. Comme il n'y a pas de proie ici, personne ne vient dans ce secteur. Quand je me faisais trop malmener, quand j'avais besoin de temps pour guérir d'une défaite particulièrement brutale, ou si je voulais juste un peu de paix, je venais ici, dis-je avec nostalgie.

— Je suis vraiment désolée, dit Lara, les yeux remplis de commisération.

Je m'ébrouai.

— Il n'y a pas lieu de l'être, dis-je, amusé. À vrai dire, je suis à l'origine de beaucoup de ces bagarres où j'ai fini par recevoir une raclée. J'aime me battre. Mais j'aime aussi lire, ce qui n'était pas très bien perçu par les autres. Si les mentalités évoluent enfin, à l'époque, la poursuite d'études académiques avancées poussait les autres à se demander si le fait de manger des feuilles de praxilla n'avait pas seulement causé ma difformité, mais m'avait aussi émasculé. Parmi mon peuple, seules les femelles étudient les sciences.

— Houlà. C'est fou, dit Lara, choquée. Le praxilla, ce sont ces feuilles que les Yurus mâles mangent pour contrôler leur soif de sang, c'est ça ?

Je hochai la tête.

— Oui. C'est aussi ce qui a causé les éperons osseux qui ont miné mon existence. J'ai commencé à en consommer trop tôt. Nous aurions dû attendre la fin de la puberté pour que mes os soient bien formés. Mais je ne regrette pas d'avoir été le sujet d'expérimentation. Sans cela, je serais sans doute devenu une brute incontrôlée comme les autres et je n'aurais jamais découvert la beauté de la science et de la connaissance.

— Tu es vraiment quelqu'un d'exceptionnel ! Les jeunes garçons de Kastan qui trouvent une cachette ne passent certainement pas leur temps à apprendre la physique juste pour s'amuser, dit Lara d'un ton taquin, bien qu'une véritable admiration brillât dans ses yeux sombres.

Je gloussai.

— Ma mère est la scientifique en chef de notre clan. Les bibliothèques ne sont pas légion à Mutarak. C'est donc elle qui m'a fourni la plupart des ouvrages que j'ai pu lire. Plus tard, j'ai obtenu tout ce que je pouvais sur tous les sujets possibles auprès des contrebandiers et mercenaires qui débarquaient illégalement sur Cibbos en violation de la Directive Première et... pendant les raids dans ton village, ajoutai-je d'un ton penaud.

La mâchoire de Lara tomba. Elle ne s'était évidemment pas attendue à un tel aveu de ma part. Je n'arrivais même pas à croire que je lui avais fait une telle admission, du moins pas si tôt dans notre relation.

— Tes camarades pillaient notre nourriture et toi tu pillais nos livres ? demanda-t-elle, incrédule.

Mes saletés d'oreilles commencèrent à s'agiter tandis que ma peau s'échauffait.

— Nous ne pouvions pas vraiment combattre les humains. Ton peuple est trop fragile. Il n'y a aucun plaisir, ni honneur d'ailleurs, à combattre ou terroriser un adversaire beaucoup plus faible. Puisque notre ancien Grand Chef Vyrax exigeait que nous nous joignions aux raids, je suis allé chercher le butin qui avait le plus de sens pour moi, ajoutai-je en haussant les épaules, me reprochant intérieurement d'avoir abordé ce sujet.

— Un voleur de livres... Je ne l'avais pas vu venir, dit Lara d'un ton taquin.

Je grognai avant de l'entraîner vers la série de buissons à baies et d'arbres fruitiers à l'est de l'étang.

— C'est d'ailleurs dans ces livres que j'ai appris quels fruits cultiver ici et comment les entretenir au mieux. Les Yurus ne cultivent pas. C'est pourquoi nous sommes si reconnaissants à Zatruk pour l'accord commercial qu'il a négocié avec votre leader.

— Voilà qui explique tout ! Je trouvais incroyablement étrange de voir ce mélange d'arbres et de buissons pousser ensemble dans cette région, dit Lara, impressionnée. Tu es donc un maître forgeron, un brillant ingénieur en aéronautique et un savant en agriculture.

— Je suis loin d'être un savant, mais j'ai des connaissances respectables dans ce domaine. Cependant, je connais bien d'autres domaines, notamment la médecine, la biochimie et la pharmacologie, déclarai-je fièrement.

Je bombai encore un peu plus le torse devant le regard ahuri que me lança Lara.

— Tu n'es pas assez vieux pour savoir tout ça ! s'exclama-t-elle.

J'éclatai de rire.

— Tu sous-estimes le temps que j'ai eu à ma disposition. En plus d'être très curieux, certaines de mes études avaient un intérêt personnel. Avec l'aide de ma mère, j'ai essayé pendant des années de trouver un remède à ma maladie.

— En effet, c'est logique, concéda Lara, bien qu'elle continuât à me regarder d'un air émerveillé.

Malgré mon envie de continuer à me vautrer dans son admiration, ce rencard ne pouvait pas se résumer à un étalage de mes mérites.

— J'espère que tu as un peu faim. J'aimerais que tu goûtes à l'un de mes goûters préférés, lui dis-je.

— Je n'ai pas faim à proprement parler, mais je ne serais pas contre un en-cas, dit-elle, l'air intrigué.

— Reste ici, lui dis-je en souriant. Et fais attention à ta tête. Tu n'aurais pas envie d'être assommée par une noix de pika.

Ses yeux s'écarquillèrent.

— Par quoi ?

— Tu verras !

Sur ce, je m'élançai vers le grand arbre pika situé à quelques mètres de là. Ses longues frondes tombantes cachaient à merveille les fruits épais, ronds et à la coque dure qu'il produisait. L'écorce naturellement hérissée de l'arbre donnait à mes sabots suffisamment d'appui pour me permettre d'y grimper avec une relative aisance.

— Attention ! s'exclama Lara, alors que je continuais à monter.

Une partie de moi voulait se sentir offensée qu'elle craigne que je ne tombe, comme si j'étais si maladroit. Mais une fois de plus, j'étais trop occupé à me délecter du souci sincère qu'elle ressentait pour mon bien-être. Dire que je n'avais été qu'un fantôme pour elle pendant tant de semaines.

Je lui jetai un coup d'œil par-dessus mon épaule. De ce point de vue, elle paraissait encore plus petite et plus fragile. Je n'avais grimpé que quatre mètres et il m'en restait encore au moins trois à franchir avant d'atteindre ma récompense.

— Ne t'inquiète pas, ma conjointe. Je vais bien, dis-je avec un sourire suffisant avant de reprendre mon ascension.

Quelques instants plus tard, les immenses frondes de l'arbre se refermèrent autour de moi, me protégeant des regards. Je me sentis immédiatement plus au frais à l'ombre, mais mon adrénaline monta aussi d'un cran. De vilaines bestioles construisaient souvent leur nid dans l'obscurité que procuraient les frondes. Se faire arracher la moitié du visage par un serpent blasiq et tomber de l'arbre devant ma toute nouvelle conjointe ne figurait pas parmi les priorités de ma liste de choses à faire. Grâce à la densité élevée de mes os, une telle chute ne m'endommagerait pas, mais m'étourdirait seulement un instant. La blessure dont je ne me remettrais jamais serait l'humiliation d'atterrir en catastrophe devant Lara.

Heureusement, j'utilisais régulièrement des sifflets à haute fréquence autour de l'arbre, ce qui empêchait les serpents d'essayer de s'y loger car le son était très irritant pour leurs oreilles sensibles. À ma grande joie, de grosses noix de pika m'attendaient. J'avais craint qu'elles ne soient encore trop petites ou pas assez mûres. Mais l'odeur mielleuse qui s'en dégageait confirmait qu'elles seraient parfaitement sucrées.

J'avais d'abord prévu d'en jeter deux avant d'en ramener une autre paire avec moi, mais ces noix étaient suffisamment volumineuses pour qu'une seule d'entre elles constitue une portion amplement suffisante pour une personne. Je pris une noix dans chaque main, mes doigts étant à peine assez longs pour en envelopper la moitié. Pressant les noix contre l'écorce hérissée de l'arbre pour protéger mes paumes, je me préparai à retourner auprès de ma femme.

— J'arrive ! criai-je par-dessus mon épaule.

Je tournai mes chevilles sur le côté pour que le plat de mes sabots repose sur le tronc, puis je relâchai ma prise, laissant la gravité faire son œuvre. Mon poids m'entraîna immédiatement vers le bas et je glissai sur toute la longueur de l'arbre en quelques secondes. Je réprimai un rire en entendant le cri effrayé de Lara. De là où elle se tenait, je devais avoir l'air d'avoir lâché prise. Pour moi, c'était un tour de manège bien trop bref. Une odeur légèrement brûlée me chatouilla le nez lorsque je sautai en bas de l'arbre, quelques secondes avant de toucher le sol. J'atterris gracieusement sur mes sabots avant de me tourner vers ma conjointe, l'air suffisant. Bouche bée, elle porta son regard tour à tour sur moi puis sur l'arbre avant de froncer les sourcils d'un air désapprobateur.

— Tu m'as fait peur ! J'ai cru que tu tombais ! me réprimanda Lara.

— Tu as trop peu confiance en moi, ma conjointe, rétorquai-je avec un sourire en coin. Je me suis contenté de glisser vers le bas.

— Ces épines auraient pu déchiqueter ta peau jusqu'à l'os ! argua-t-elle.

— Elles *l'auraient* fait si je n'avais pas pris les précautions nécessaires au préalable, dis-je d'un ton taquin avant de montrer les énormes noix. Tu vois la marque laissée sur les coquilles ? C'est ce qui a frotté contre l'écorce, pas ma peau.

Lara observa les noix. Malgré son air apaisé, elle continua de froncer les sourcils en retournant son regard vers moi.

— Tu aurais pu me prévenir, marmonna-t-elle.

— Et manquer cette belle démonstration de ton souci pour moi ? répondis-je avec une expression de stupeur exagérée. Jamais, ma Lara. Je m'amuse beaucoup trop.

Je me penchai en avant et embrassai le bout de son nez. Elle me repoussa, semblant ne pas savoir si elle voulait sourire ou me donner un coup de pied. L'un ou l'autre me conviendrait parfaitement.

— Cesse de bouder, petite humaine. Cette friandise est garantie d'adoucir même les dispositions les plus aigres, lui dis-je en la taquinant.

— Tu sais, je crois que je t'aime plus quand tu es grincheux qu'espiègle, grommela-t-elle.

— Tu m'aimes beaucoup, point final, dis-je avec une assurance que je ne saurais expliquer.

Sans lui laisser le temps d'argumenter davantage, je la conduisis jusqu'à la formation rocheuse naturelle près d'un buisson qui me servait à la fois de coffre-fort et de poste de travail. J'activai le loquet caché. Tout le panneau avant de la roche s'ouvrit, révélant la cache étanche où je rangeais ma tablette, mon matériel de pêche et de cuisine, quelques outils et des ustensiles.

— Bon sang ! C'est vraiment génial ! dit Lara en passant la main sur la pierre creuse, légère mais solide, qui fermait mon coffre-fort.

— Je te remercie. C'était un petit projet d'ingénierie amusant que ma mère m'avait confié, dis-je fièrement. Si tu appuies ici, ce rocher plat tournera et servira de table. J'ai travaillé sur de nombreux projets à cet endroit en grandissant.

— Y a-t-il quelque chose que tu ne puisses pas faire ? demanda Lara, l'air un peu dépassée.

— Il y a trop de choses que je ne peux pas faire, avouai-je. Tu ne voudrais pas m'entendre chanter ou me voir exécuter ces étranges danses humaines. Je peux cuisiner n'importe quelle viande ou légume, mais la boulangerie et la pâtisserie me laissent perplexe. D'après Rihanna, mon sens de l'humour est plus que douteux, tout comme mes compétences diplomatiques, ajoutai-je en haussant les épaules.

Lara s'ébroua.

— Maintenant, j'ai vraiment envie de te voir danser et de t'entendre chanter.

— Cela n'arrivera jamais, grognai-je en sortant deux cuillères de ma cache.

— Oh, allez ! Je suis sûre que ce serait super mignon.

Lui jetant un regard noir, je ramassai l'une des noix, pointai du doigt le nœud par lequel elle s'était attachée à l'arbre, et la frappai sur la surface dure de la « table ». Elle se fendit aussitôt en deux, le parfum sucré du fruit emplissant l'air.

— Je pense qu'il est préférable que tu manges avant de faire d'autres suggestions perturbantes, grommelai-je.

Je m'assis sur le rocher près de la table et attirai Lara sur mes genoux. Elle vint de bon gré, une lueur espiègle brillant dans ses yeux tandis qu'elle continuait à me dévisager, visiblement désireuse de me taquiner encore un peu plus. L'idée de danser pour elle m'horrifiait, mais j'aimais qu'elle se sente suffisamment à l'aise pour me taquiner.

— Tu sais, chanter des chansons d'amour à sa femme est l'un des rituels de séduction les plus courants chez les humains, se moqua Lara.

— J'ai beaucoup lu sur la manière dont les humains font la

cour, répondis-je sans me laisser décontenancer. Faire jouer des enregistrements audio des chanteurs romantiques les plus célèbres est une approche acceptable – et plus courante. J'ai déjà identifié quelques morceaux qui pourraient devenir notre chanson.

Ses yeux s'écarquillèrent.

— Vraiment ?

Je hochai la tête d'un mouvement sec.

— Oui, vraiment. Maintenant, mange, femme.

Je pris l'une des deux moitiés de la noix de pika et la lui donnai. Lara la porta à son nez, la humant avec précaution. Le soulagement m'envahit lorsqu'elle sembla agréablement surprise par l'arôme.

Le fait qu'elle ait eu besoin de l'approcher aussi près de son visage me rappela à quel point certains sens humains étaient déficients. Pour moi, l'odeur du fruit imprégnait l'air. Mon instinct protecteur se manifesta avec force. J'allais devoir protéger ma femme contre toutes les choses qu'elle ne pouvait ni voir, ni entendre, ni sentir et qui pouvaient constituer un danger pour elle.

— La coquille ressemble à un croisement entre un ananas et une noix de coco. Mais la chair me fait penser à un pouding épais. À quoi dois-je m'attendre ? demanda Lara, une légère inquiétude perceptible dans sa voix.

— La chair est douce et crémeuse, dis-je en montrant la texture épaisse de couleur beige clair qui remplissait la coquille. Les taches sombres que tu vois sont les graines, qui sont entièrement comestibles. Elles sont croquantes comme des noix et ajoutent une agréable note salée. Fais-moi confiance.

Tout en prononçant ces paroles, je plongeai la cuillère dans la noix de pika et recueillis un peu de la chair et des graines. Lara s'humecta nerveusement les lèvres lorsque je portai la cuillère à son visage. Malgré son inquiétude, elle se pencha en avant. Au lieu d'ouvrir la bouche, ma femme tira la langue pour lécher un peu de crème. Elle la goûta, ses lèvres claquant bruyamment, avant que ses yeux ne s'écarquillent de stupeur.

— Oh, mon Dieu ! Cela a le goût et la texture d'un gâteau au fromage à l'érable et aux noix ! s'exclama Lara.

À ma grande surprise – et pour mon plus grand bonheur – Lara m'arracha la cuillère des mains et mangea sans retenue. Elle mit une grosse cuillerée dans sa bouche et commença à mâcher. Ma peau s'embrasa et mon sang se précipita directement vers mon aine lorsque Lara ferma les yeux et émit un gémissement profond et sexy alors qu'elle savourait sa friandise.

Je la dévisageai en silence tandis qu'elle engloutissait trois autres grosses cuillerées l'une après l'autre. Lorsqu'elle commença à lécher la cuillère, un éclair de désir jaillit en moi. Lara s'arrêta, remarquant enfin que je l'observais.

— Tu ne manges pas ? demanda-t-elle, l'air soudain gêné.

— Dans un instant. Pour l'instant, je tire un grand plaisir à te regarder manger, dis-je d'une voix si grave que je la sentis vibrer à travers ma poitrine.

Je ne savais pas quelle expression j'affichais, mais si elle reflétait ne serait-ce qu'un dixième du désir brûlant que je ressentais pour ma femelle, elle expliquerait la rougeur qui s'insinuait sur ses joues. Lara détourna les yeux et joua avec la crème épaisse à l'intérieur de la noix avec le bout de sa cuillère.

— C'est vraiment bon, murmura-t-elle, presque en s'excusant.

— En effet, acquiesçai-je, mon regard pesant lourdement sur elle.

Lara me lança un nerveux regard de biais, puis remua sur mes genoux. Elle se raidit après le second mouvement, la rougeur de son visage augmentant encore d'un cran tandis qu'elle se mordait la lèvre inférieure. Je n'avais pas besoin de lui demander ce qui avait provoqué cette réaction. Mon membre était si dur qu'il me faisait mal. J'avais envie de lui arracher la noix de pika à moitié mangée des mains, de la jeter par terre, puis de plaquer Lara sur la table afin de déchaîner ma passion sur elle.

Mais pas au premier rendez-vous.

Ni au deuxième... Ni au troisième...

Ma femelle déglutit péniblement, le mélange enivrant des effluves de son excitation et de sa peur me rendant fou.

— Mange, ma Lara. Tu es en sécurité avec moi, dis-je.

Même si mes paroles semblèrent avoir l'effet escompté, à savoir atténuer sa crainte, l'expression la plus étrange traversa son visage.

— Peut-être que c'est *toi* qui n'es pas en sécurité avec *moi*, murmura-t-elle.

Je restai sans voix.

Avec une incroyable suffisance, Lara se tourna pour prendre une cuillère sur la table de pierre, la planta dans l'autre moitié de la noix de pika, puis me tendit le fruit.

— Il est impoli d'observer les gens pendant qu'ils mangent. Alors, mange ! ordonna-t-elle.

Je m'exécutai.

CHAPITRE 5
LARA

Fréquenter un Yurus ne correspondait en rien à ce que j'avais imaginé. Rihanna ne plaisantait pas en disant qu'ils étaient pelucheux et câlins. Wonjin était certainement le plus gros et le plus doux des nounours que j'aie jamais rencontrés. Je n'arrivais toujours pas à surmonter le fait qu'il me terrifiait autrefois. Aujourd'hui, sa simple présence dans une pièce, même s'il se tenait à l'autre bout, me donnait un sentiment de sécurité. C'était la manière délicate dont il me touchait avec ces énormes mains, comme si j'étais faite du plus fin cristal. La douceur de sa voix et la tendresse émerveillée dans ses yeux lorsqu'il s'adressait à moi me donnaient l'impression d'être vénérée.

Honnêtement, je ne comprenais pas ce qu'il voyait en moi. Je n'étais pas banale ni laide, mais les hommes ne se bousculaient pas non plus pour me courtiser. Du point de vue de ma personnalité, je donnais souvent l'impression d'être dédaigneuse ou hautaine. Dieu sait que ce n'était pas intentionnel. Je me concentrais tellement sur les choses que le reste du monde cessait d'exister. Si on me parlait dans ces moments-là, j'entendais la voix, mais les paroles me passaient à des milliers de kilomètres au-dessus de la tête. Je me contentais de répondre distraitement avec une foule de « Ah... Ah, oui » jusqu'à ce que je me fasse engueuler parce que je n'écoutais pas. Alors seulement, je me rendais compte que je n'écoutais effectivement pas.

Cela ne semblait jamais déranger Wonjin. Lorsqu'il me trouvait très concentrée, il me laissait généralement tranquille jusqu'à ce que je me souvienne du monde qui m'entourait. S'il avait vraiment besoin de mon attention, il me prenait dans ses bras ou m'asseyait sur ses genoux. Si je protestais ou me plaignais, il se contentait de me fixer en silence jusqu'à ce que je m'arrête, puis il me disait ce qu'il voulait. Je n'arrivais même pas à m'énerver, car ce misérable mâle me faisait les meilleurs câlins.

Oui, je tombais amoureuse de mon Minotaure.

Lorsque je l'amenai rencontrer mes parents, j'avais redouté le pire – non pas que cela m'aurait poussée à rompre avec lui. Mais mes parents étaient extrêmement vieux jeu et très attachés à la mentalité conservatrice qui avait poussé les premiers colons de Kastan à quitter la Terre en abandonnant toute sa technologie et en revenant à un mode de vie plus traditionnel. Leur joie d'apprendre que leur fille unique, dont ils craignaient constamment qu'elle ne devienne vieille fille, s'était enfin trouvé un petit ami s'estompa dès qu'ils réalisèrent qu'il s'agissait d'un Yurus.

En entrant dans leur maison, Wonjin dut incliner légèrement la tête pour ne pas heurter le haut du cadre de la porte. Mon père se tenait à côté de ma mère, l'expression la plus sévère affichée sur son visage, tandis qu'il examinait Wonjin de manière peu subtile. Je gémis intérieurement, tandis que ma mère restait là, avec son habituelle expression neutre.

— Maman, Papa, voici Wonjin. Wonjin, je te présente mes parents, Haru et Mika Kimura, dis-je en désignant d'abord mon père, puis ma mère.

— Monsieur et Madame Kimura, c'est un plaisir de vous rencontrer, dit Wonjin de sa voix la plus polie, pour une fois dépourvue de grondement.

Lorsque le silence accueillit son salut, je lançai à mes parents un regard signifiant « Qu'est-ce que vous foutez ?! » en espérant qu'ils n'humilieraient pas toute notre famille de la sorte en offensant mon petit ami, qui se trouvait également être leur invité.

— Tu ne corresponds pas exactement à ce que j'avais envisagé que ma fille ramène à la maison en tant que partenaire, dit enfin mon père.

— Papa ! m'exclamai-je, à la fois choquée et scandalisée par une telle impolitesse.

— Ce n'est pas grave, ma Lara, dit Wonjin d'un ton apaisant. Il est simplement honnête. Je ne m'attendais pas à m'éprendre d'une humaine, tout comme je doute que tu aies jamais pensé que tu finirais avec un Yurus.

— Les attentes sont sans importance, dis-je sévèrement. Tout ce qui compte, c'est que je me suis retrouvée avec un type bien, que j'aime beaucoup.

À mon grand désarroi, au lieu de réprimander mon père, comme je l'avais souhaité, mes paroles provoquèrent chez Wonjin ses très révélateurs battements d'oreilles frénétiques.

— Pourquoi tes oreilles frétillent-elles ? demanda ma mère en fronçant les sourcils tandis qu'elle les observait.

Bordel de merde ! J'aurais voulu que le sol s'ouvre et m'engloutisse tout entière. Quelle mauvaise idée cela avait été. Le battement d'oreilles de Wonjin s'accéléra. J'ouvrais la bouche pour dire qu'il valait peut-être mieux partir quand Wonjin répondit à ma mère.

— C'est un tic nerveux qui se déclenche généralement lorsque je me sens gêné ou, en l'occurrence, anxieux, dit Wonjin d'un ton posé.

Je le dévisageai, interloquée par cet aveu, sentiment qui se reflétait sur les visages de mes parents.

— Pourquoi es-tu anxieux ? demanda mon père, cette fois avec une réelle curiosité.

— Parce que je suis follement amoureux de votre fille et que je ne veux pas l'embarrasser devant sa famille. Elle respecte et estime votre opinion. Je suis bien conscient que vous auriez voulu quelqu'un de différent pour elle, mais vous ne trouverez jamais un mâle qui la chérira, la protégera et la respectera plus que moi.

Dans d'autres circonstances, j'aurais ri de la façon dont mes parents le fixèrent avec stupeur. Mais j'étais trop occupée à fondre de l'intérieur. Je glissai ma main dans celle de Wonjin. Il tourna la tête vers moi. Dès que nos regards se croisèrent, le monde disparut autour de nous. Tous les doutes qui avaient pu subsister au fond de mon esprit s'évanouirent à cet instant. Même si notre relation n'en était qu'à ses débuts, je savais à un niveau viscéral que j'avais trouvé l'élu de mon cœur.

S'éclaircissant la gorge, mon père rompit la magie.

— Bon, ma femme n'a pas passé toute la journée à cuisiner juste pour que cela ne devienne froid pendant que nous nous tenons dans le vestibule. Entrez, dit-il d'un ton bourru.

Pour la première fois, je me rendis compte que son ton sévère me rappelait à bien des égards celui de Wonjin. Lorsqu'il était gêné ou qu'il essayait de cacher son côté plus doux, Papa devenait souvent grincheux ou agacé. Les paroles de Wonjin à mon sujet l'avaient touché. Mais mon misérable père ne l'admettrait jamais.

Dès que nous nous installâmes à table, mon père se lança dans une véritable inquisition envers Wonjin. Il l'interrogea sur tout, de sa lignée, y compris les professions de ses parents, à son propre niveau d'éducation et à ses loisirs, sans oublier de prouver qu'il était capable de subvenir aux besoins de notre future famille, puisque les Yurus n'avaient pas de véritable monnaie d'échange. J'étais plus que mortifiée. Mais Wonjin ne semblait nullement perturbé, répondant à chaque question de manière directe et succincte. Maman dut intervenir à quelques reprises pour que mon pauvre petit ami ait le temps de prendre une bouchée avant que le repas ne refroidisse.

Étant lui-même ingénieur, Papa commença à tester les

connaissances de Wonjin en lui posant des questions pièges. En peu de temps, mon homme – ou plutôt mon Yurus – en remontrait à mon père. Il était incroyablement intelligent. Son esprit d'analyse ne cessait de m'étonner. Derrière son allure rude et parfois presque brutale, Wonjin était une force silencieuse qu'il ne fallait pas sous-estimer. Même ma mère lui jetait des regards approbateurs. Le fait qu'il ait dévoré sa nourriture et qu'il l'ait manifestement appréciée lui valut un sacré nombre de points supplémentaires.

Alors que le dîner tirait à sa fin, Papa et Wonjin discutaient avec animation de divers principes physiques et de leurs applications aéronautiques, comme s'ils prévoyaient construire leur propre vaisseau interstellaire.

— Eh bien, nous devrions probablement y aller, déclarai-je enfin, alors que Papa semblait loin de vouloir s'arrêter de parler.

— Oui, dit Wonjin, l'air surpris par l'heure avancée. Le soleil ne va pas tarder à se coucher. Nous devons nous dépêcher si nous ne voulons pas être en retard.

Les adieux furent bien plus chaleureux que l'accueil ne l'avait été.

— La prochaine fois que tu viendras, je te préparerai des korokkes, dit Maman à Wonjin.

— *Et* du tebasaki ! ajouta mon père avec enthousiasme. Il faut que tu goûtes le tebasaki de ma femme. C'est le meilleur poulet de tout Kastan, pour ne pas dire de tout Cibbos.

Ma gorge se serra sous le coup de l'émotion. Cette deuxième invitation était la façon dont mes parents donnaient leur bénédiction à notre relation. Je n'aurais pas mis fin à notre relation avec Wonjin même s'ils l'avaient désapprouvée, mais leur soutien comptait beaucoup pour moi. À en juger par les quelques battements d'oreilles de Wonjin, il l'avait également compris.

— J'ai hâte de goûter à nouveau à votre merveilleuse cuisine, répondit-il poliment.

— Mmhmm. Nous devons bien te nourrir pour que tu puisses donner à ma fille des bébés vigoureux, ajouta ma mère.

Mes joues s'enflammèrent tandis que les oreilles de Wonjin semblaient vouloir le faire s'envoler loin de cette situation. Papa ne semblait pas pouvoir décider s'il voulait être amusé par l'embarras de Wonjin ou agacé par sa femme qui parlait déjà de bébés à un stade aussi précoce. Le pire, c'était que maintenant que mon père avait jugé mon petit ami acceptable, il craignait que Maman ne le fasse fuir avec de tels sujets.

— Il faut vraiment qu'on y aille, dis-je en jetant un regard noir à ma mère, qui me souriait avec une expression excessivement innocente qui ne trompa personne. Merci pour cet excellent repas. On se voit plus tard.

Wonjin marmonna un adieu et me conduisit en toute hâte vers le speeder qu'il avait construit pour moi. Il prit place dessus et je m'appuyai contre son torse. Même s'il en avait également construit un pour lui, mon homme n'aimait pas que nous voyagions séparément. S'il n'en tenait qu'à lui, nous nous déplacerions toujours sur son krogi. Mais comme il savait que j'étais accro à la vitesse et que j'adorais le speeder qu'il m'avait fabriqué, il avait trouvé un compromis en l'utilisant avec moi. En principe, j'aurais dû exiger de piloter ma propre moto, mais j'aimais bien me sentir entourée de son corps fort et chaud pendant qu'il me conduisait.

Nous partîmes à vive allure, passant devant les poteaux qui généraient le champ d'énergie protecteur autour du village. Dire que quelques mois auparavant, ils avaient empêché les Yurus de nous attaquer et de nous piller alors que leur précédent Grand Chef, Vyrax, avait prévu de transformer tous les humains en esclaves. Quel chemin nous avions parcouru en si peu de temps, grâce à Zatruk qui menait désormais son peuple sur une voie bien plus pacifique et prospère.

Alors que nous nous enfoncions dans la forêt, je regardai Wonjin par-dessus mon épaule et embrassai sa mâchoire.

— Tu as été fantastique ce soir, lui dis-je en toute sincérité. Tu m'as rendue très fière.

À ma grande surprise, l'énorme tension dont je n'avais même pas réalisé qu'elle avait raidi son corps s'estompa des épaules de Wonjin. L'expression à la fois de soulagement et de vulnérabilité qui traversa son visage intimidant me troubla. Il était si grand, si fort et si féroce lorsqu'il se battait avec ses camarades de clan que j'avais du mal à admettre que, sous cette apparence redoutable, se cachait encore l'enfant blessé qui avait constamment été victime de brimades. Malgré toutes ses fanfaronnades, Wonjin avait des problèmes de confiance en soi.

— Je suis heureux que tu le penses, dit-il avec un soulagement audible dans la voix.

— Je suis toujours fière de toi, Wonjin, dis-je fermement et sincèrement. Nos deux peuples partagent un passé difficile, et il faudra sans doute du temps pour que tous les humains de Kastan s'en remettent. N'oublie pas que Luana a été la première d'entre nous à épouser un non-humain. Mais ce que pensent les autres, y compris mes parents, n'a aucune importance. Tout ce qui compte, c'est ce que toi et moi ressentons l'un pour l'autre. Et je suis vraiment folle de toi. Ce que tu as dit à mon père était exact. Tu me fais me sentir chérie, protégée et respectée. Ne pense jamais que tu doives agir d'une certaine manière pour éviter de m'embarrasser. Je t'ai choisi pour qui tu es. Je suis fière de toi tel que tu es. Et tous ceux qui ont un problème avec ça peuvent aller se faire voir. Je te garde.

Ma gorge se serra en voyant Wonjin froncer les sourcils. Il me foudroya du regard, mais je le connaissais suffisamment pour savoir qu'il essayait de cacher les émotions qui l'envahissaient. Après tout, c'était un chasseur yurus dur à cuire. Ils ne montraient pas d'émotions vulnérables.

— Je traverse la forêt à toute vitesse alors que la nuit tombe, femme. Ce n'est pas le moment de me couvrir de mots doux, grommela-t-il d'un ton réprobateur.

Je ris, embrassai à nouveau sa mâchoire et m'adossai à lui, le regard tourné vers l'avant. Ma poitrine se réchauffa d'affection lorsqu'il embrassa le sommet de ma tête et que son bras se resserra autour de moi.

Oui, j'allais garder mon grognon pelucheux.

CHAPITRE 6
WONJIN

Nous filâmes jusqu'au plateau de Kenthéa où seraient construits l'arène et un grand hôtel pour les invités. Mes camarades de clan avaient déjà commencé les travaux d'excavation. Dakas avait eu une excellente idée en suggérant cet endroit au lieu de celui que nous avions prévu à l'origine. Le plateau offrait une vue imprenable sur la forêt en contrebas et sur la rivière au-delà.

À mon grand soulagement, nous arrivâmes quelques minutes avant que la forêt ne s'éveille. Lara n'avait jamais assisté à ce phénomène de près, seulement d'en haut, en volant sur son zébis. Les forêts de Cibbos pouvaient être très dangereuses, surtout à l'époque où nous étions la plus grande menace qui rôdait autour du village humain.

J'avais l'intention de lui montrer bien d'autres beautés de notre monde à l'avenir.

Nous descendîmes du speeder et marchâmes main dans la main vers le bord du plateau alors que les dernières lueurs du soleil s'éteignaient à l'horizon.

— La prochaine fois, je t'emmènerai directement au cœur de

la forêt pour que tu puisses être entourée par les plantes et les arbres qui s'éveillent, dis-je à voix basse.

— J'ai hâte, dit-elle en souriant. J'ai entendu dire que ce n'est pas seulement leur apparence qui change, mais aussi leur odeur.

— Tout change, confirmai-je. C'est pourquoi il sera important de bien planifier les sentiers touristiques. Lorsque la flore se réveillera, le paysage changera tellement que les visiteurs se perdront.

Comme pour confirmer mes dires, une douce lueur commença à apparaître dans la forêt en contrebas, gagnant en intensité à mesure qu'elle se propageait comme une vague. Même les bords de l'eau s'illuminèrent grâce à l'éveil du phyto-plancton. Les arbres se transformèrent, se remodelant et exposant les faces colorées et lumineuses de leurs feuilles. Les plantes et les fleurs se replièrent sur elles-mêmes, révélant leurs faces internes qui baignaient également la forêt de douces lumières pastel.

— Oh, mon Dieu ! C'est à couper le souffle, dit Lara.

— Ça l'est en effet. Voici l'endroit où je pense que nous devrions installer une plateforme élévatrice pour descendre dans la vallée. Et là-bas, c'est l'endroit où nous pourrions créer un sentier pour ceux qui préfèrent marcher, dis-je en les montrant du doigt chacun à leur tour.

Nous passâmes les vingt minutes suivantes à débattre la question, notamment le meilleur emplacement pour une aire d'atterrissage des navettes qui pourrait tirer parti de la vue fantastique qui s'offrait à nous. Zatruk voulait que nous ayons un plan définitif avant la fin de la semaine. Nous aurions pu reporter cette visite à demain, mais Lara avait insisté pour que nous la fassions ce soir. Même si elle ne l'avait pas dit en termes clairs, ma conjointe avait voulu nous donner une excuse pour quitter la maison de ses parents si les choses ne s'étaient pas bien passées.

Je frémissais encore de l'accueil glacial qu'ils m'avaient réservé. Franchement, je m'étais attendu à ce qu'ils me mettent à la porte avant même que je ne puisse m'asseoir à leur table. Mais les choses s'étaient passées tellement mieux que je n'aurais pu l'espérer. Et surtout, ma femelle était satisfaite de moi.

— Je pense que nous avons tout ce qu'il nous faut, dit enfin Lara.

— D'accord, dis-je à contrecœur.

Elle me lança un regard inquisiteur qui me fit remuer avec embarras sur mes sabots. Je n'étais pas prêt à ce que la soirée se termine.

Lara s'approcha de moi et passa ses bras autour de ma taille. Je pris son visage entre mes mains et réclamai ses lèvres. Comme à son habitude, elle se pressa contre moi, ses mains glissant le long de mon dos. Ses lèvres s'écartèrent, accueillant ma langue invasive tandis que ses ongles ratissaient doucement la fourrure entre mes omoplates.

Une flamme familière s'alluma au creux de mon estomac. Je lui empoignai les cheveux sur la nuque et penchai la tête sur le côté pour approfondir le baiser. Son doux gémissement résonna directement dans mon aine. Ma main descendit le long de la courbe douce de son dos pour se poser sur son postérieur. Après avoir serré sa fesse gauche, je pressai davantage son bassin contre le mien. Le fait que ma femme frotte sa région pelvienne contre mon érection naissante m'enflamma le sang.

Je rompis le baiser avec l'intention de mordre le point sensible dans le creux de son cou, mais Lara m'en empêcha. À mon grand désarroi, malgré le délicieux parfum de son excitation qui attisait la flamme de mon désir, ma femme me repoussa, les yeux rivés sur mes lèvres.

— Nous devrions y aller, chuchota-t-elle, la voix chargée de désir.

Ses mots me firent l'effet d'une douche glacée. Avais-je été trop audacieux ? L'avais-je offensée d'une manière ou d'une autre ? Est-ce qu'elle... ?

— Oui, bien sûr, dis-je, confus. Je vais te ramener chez toi.

— Non. Pas chez moi, dit-elle doucement, m'empêchant de me détourner. Retournons chez toi.

— Chez m... ?

Mon cerveau se figea. Les yeux écarquillés, je la dévisageai, voulant m'assurer que je ne me trompais pas sur ses intentions.

Les yeux oscillant entre les miens, Lara m'adressa un sourire timide. Elle posa ses mains sur ma taille et caressa doucement les côtés de mes abdominaux avec ses pouces.

— Oui, emmène-moi chez toi.

— Es-tu sûre, ma Lara ? murmurai-je, le désir, la tendresse et l'émerveillement faisant rage en moi.

Son sourire s'élargit, devenant plus assuré.

— Oui, je suis sûre. Je te garde, tu te souviens ?

— Ma belle conjointe, soufflai-je avant de l'embrasser à nouveau.

Me sentant étourdi et exalté, je la soulevai sans rompre le baiser. Elle hoqueta puis gloussa contre mes lèvres tandis que je la portais jusqu'au speeder. À mon grand désarroi, Lara s'assit face à moi, ses jambes par-dessus mes cuisses, de chaque côté de moi.

Pendant tout le trajet, elle embrassa mon cou et mon torse, ses mains semblant être partout à la fois sur mon corps. Mes supplications – même si le terme « menaces » serait plus juste – pour qu'elle s'arrête restèrent lettre morte.

— Si tu nous fais nous écraser, je te donnerai une fessée, femme ! grinçai-je entre mes dents.

— La promesse d'un moment agréable ne me fera pas arrêter, dit-elle du tac-au-tac avant de me mordre le cou, tandis que sa main se glissait sous mon pagne.

Cela aussi résonna directement dans mon aine. Je poussai un grognement menaçant à l'adresse de ma femelle, qui se contenta de rire de plus belle. Pendant le reste du trajet, elle me soumit à la plus exquise des tortures. Entre ses baisers et ses mordille-ments, ses mains parcouraient mes cuisses et mon bassin sous mon pagne. Elle me taquinait, me caressait, me griffait, s'approchant de mon membre douloureux sans jamais le toucher. Heureusement d'ailleurs, car j'aurais pu nous écraser contre un arbre.

Lorsque nous franchîmes les portes de la ville, j'étais prêt à entrer en éruption. Le clan était rassemblé sur la grand-place. La musique jouait tandis que les femelles dansaient. Je remerciai les Ancêtres de ne pas être passé par l'entrée principale. Je n'avais pas besoin que les gens soient au courant de mes affaires, et encore moins qu'un idiot comme Tarmek sente mon excitation et fasse un commentaire désobligeant qui m'aurait obligé à lui fracasser le crâne. Même si j'aimais les bagarres, j'avais un autre type de corps-à-corps en tête.

Je filai tout droit vers la porte latérale de ma forge, qui communiquait directement avec la maison. Dès que j'arrêtai le speeder devant la porte, Lara perdit toute sa hardiesse. À mon grand soulagement, elle n'avait pas l'air d'avoir changé d'avis, mais la réalité du moment était en train de s'imposer. Même si nous nous étions mutuellement réclamés depuis exactement vingt-six jours, nous n'avions toujours pas été intimes. Certes, nous nous étions livrés à quelques caresses de plus en plus audacieuses, mais nous n'avions jamais franchi l'étape ultime.

Au départ, j'avais résisté pour prouver à ma femme que j'étais sérieux à notre sujet et pour lui donner l'occasion de cesser de voir mon corps beaucoup plus imposant comme intimidant, voire effrayant. Par la suite, je n'avais jamais senti que c'était le bon moment. Avec le recul, je me demandai si le fait de me présenter officiellement à sa famille n'avait pas été sa façon de me faire comprendre qu'elle était enfin à fond dans cette relation. Même si elle m'avait réclamé, Lara avait encore des réserves à notre sujet. Ce soir, pour la première fois, j'étais convaincu que ma femme me voulait... *nous* voulait.

À moins que je ne fasse un gâchis ce soir.

Mon estomac se retourna à cette perspective. Toutes les

façons dont les choses pourraient mal tourner défilèrent dans mon esprit. Je les chassai et inhalai profondément l'odeur irrésistible de l'excitation de Lara.

Soulevant ma conjointe d'un bras derrière ses cuisses, je fis me suivre le speeder avant d'ouvrir la porte de la forge. Lara s'accrocha à mon épaule droite d'une main tandis que l'autre caressait les deux tresses de ma barbe. Les yeux rivés aux siens, je garai son speeder à l'aveuglette dans la forge puis me dirigeai vers la porte menant à la maison principale.

Ma femme était entrée dans ma demeure à quelques reprises au cours des dernières semaines, mais nous nous étions surtout cantonnés à la salle à manger et au salon. Si je lui avais brièvement montré ma chambre à coucher la première fois que je lui avais fait visiter, je l'avais rapidement ramenée dans des zones plus sûres afin d'éviter toute tentation inutile. À présent, ce fut le salon que je traversai à la hâte pour me diriger vers l'escalier menant à l'étage supérieur où se trouvaient les quatre chambres.

Nous ne dîmes pas un mot, nos yeux se chargeant de parler. Malgré la légère inquiétude qui émanait d'elle, Lara semblait vibrer de la même impatience affamée que moi. Je traversai le couloir jusqu'au bout avant d'ouvrir la porte de ma chambre. Elle faisait face aux portes coulissantes en verre du côté opposé de la pièce, qui menaient au balcon privé de la chambre des maîtres. Ignorant le coin salon à gauche, je tournai à droite vers le lit massif qui occupait un peu plus de la moitié du mur latéral.

Laissant Lara glisser le long de mon corps, je la remis sur ses pieds.

— Maintenant, c'est l'occasion de t'enfuir, dis-je, la voix rocailleuse de désir.

Ma conjointe soutint mon regard sans broncher. Attrapant l'ourlet de la robe à motifs noirs et gris qui lui arrivait au genou, elle le souleva. D'un geste rapide, elle se débarrassa du vêtement avant de le jeter sur le sol, près de la porte du balcon. Mon souffle s'étrangla dans ma gorge à la vue du corps presque nu de ma femme. Elle portait un soutien-gorge noir transparent qui ne cachait rien des petits bourgeons tendus de ses seins, ainsi qu'une petite culotte assortie quasi inexistante. Le minuscule triangle, qui ne tenait sur Lara que par un jeu de ficelles, me donnait une vue appétissante de son sexe rasé.

Je poussai un ronronnement d'approbation et de faim inassouvie. Je m'avançai, attirant Lara dans mon étreinte et m'emparai de sa bouche dans un baiser vorace.

Ancêtres, qu'elle avait bon goût !

Malgré le feu qui faisait rage dans mes reins et mon envie dévorante de lui arracher ses sous-vêtements, de la jeter sur le lit et de la ravager, je me forçai à maintenir un rythme lent. Si je ne gérais pas correctement notre première nuit ensemble, je risquais de la faire fuir à jamais.

Toujours debout au pied du lit, nous échangeâmes d'autres baisers et caresses. Je n'aurais jamais cru que la peau sans fourrure d'un humain puisse être aussi douce. J'aimais sentir sa texture soyeuse contre moi. Elle se couvrit d'un million de petites bosses lorsque je rompis le baiser pour faire glisser mes lèvres le long de la courbe fine de son cou. Je gloussai avec suffisance tandis que ma femme frémissait.

Elle appelait ce phénomène la chair de poule – un terme que je trouvais très amusant – bien que dans ce cas précis, un frisson serait plus approprié. Pour avoir vu de vraies poules, je pouvais faire le parallèle avec les bosses qui recouvrent la peau de la volaille déplumée. Mais en fin de compte, ce qui comptait, c'était que mon toucher ait provoqué une réponse émotionnelle suffisamment puissante pour déclencher cette réaction.

Tandis que j'effleurais de mes lèvres ses clavicules jusqu'à la vallée invitante entre ses seins, mes doigts atteignirent le clapet magnétique de son soutien-gorge, libérant ma récompense – les jumelles, comme elle aimait les appeler. C'était une merveille à admirer : ronds et fermes, au moins deux fois plus gros que les seins d'une femelle yurus. Avant ma Lara, je n'avais jamais été particulièrement attiré par les seins d'une femelle, mais les siens me mettaient l'eau à la bouche. C'était le petit bouton tendu qui me taquinait, et le cercle rose brunâtre de son aréole qui ne cessait de m'appeler.

Je retirai rapidement le soutien-gorge de ma femme et pris avidement l'un de ses mamelons dans ma bouche. Tandis que je le léchais et le suçais, je me délectai de la façon dont il se durcissait encore plus sous ma langue. Lara soupira et glissa ses doigts dans mes cheveux, poussant sa poitrine en avant pour un plus grand contact. D'une main, je caressai son autre sein et pinçai de temps en temps son petit bouton, pas au point de lui faire mal, mais suffisamment pour lui donner un agréable pincement. De l'autre main, je caressai l'arrière de sa jambe, ma main se posant finalement sur la corde fragile du vêtement presque inexistant qu'elle appelait un string.

Mon plan initial avait été de le lui enlever, mais je décidai de retourner ma femme à la place, délaissant à contrecœur son mamelon après l'avoir mordillé une dernière fois. Debout derrière Lara, je balayai ses cheveux de côté, puis je mordillai sa nuque avant de l'apaiser par quelques baisers. Tout en parcourant de mes lèvres la longueur de sa colonne vertébrale, je glissai une main devant elle pour pétrir ses seins encore un peu plus. Au cours de nos séances de caresses intenses, j'avais découvert à quel point ils étaient sensibles pour elle. Je voulais donc leur donner toute l'attention qu'ils méritaient.

Suivant un chemin descendant, j'embrassai le bas de son dos, puis je me reculai enfin pour avoir une vue complète de la merveille qu'était son postérieur. Ancêtres ! La rondeur charnue et parfaite de chaque fesse était accentuée par la ficelle de son string qui disparaissait dans sa raie. Incapable de résister, je me penchai en avant et donnai à sa fesse gauche une bonne morsure. Lara haleta, mais se cambra, poussant son derrière encore plus vers moi.

Heureux de lui obéir, je continuai à embrasser et mordre son postérieur tout en baissant son string. Il glissa le long de ses jambes fuselées et ma femme leva les pieds pour en sortir. À peine eut-elle reposé son pied que je la poussai vers l'avant. Elle leva les bras devant elle et s'appuya sur le bord du lit.

Son petit cri de surprise se transforma en gémissement étranglé lorsque j'enfouis mon visage entre ses cuisses pour lécher sa fente. *Jaafan* ! Elle était déjà toute mouillée pour moi et son essence était le nectar le plus divin sur ma langue. Elle se hissa sur la pointe des pieds, soulevant sa croupe pour me donner un meilleur accès, tout en murmurant mon nom d'une voix lascive.

Même si ses gémissements confirmaient qu'elle appréciait mes soins, je me sentais floué par mon incapacité à me délecter pleinement d'elle depuis cette position, et en particulier de ce petit bouton sensible. Tout en continuant à satisfaire ma femme de ma bouche, je retirai rapidement mon pagne, le seul vêtement qu'un mâle yurus portait. Cette tâche accomplie, et sans crier gare, je redressai Lara et la retournai pour qu'elle soit face à moi. Avant même qu'elle ne comprenne ce qui se passait, ma bouche plongeait sur son clitoris. Elle cria et souleva légèrement sa jambe droite, ses mains s'accrochant à mes cornes. Dès qu'elle le fit, quelque chose se brisa en moi.

Glissant mes bras derrière ses genoux, je soulevai ses jambes par-dessus mes épaules. Lara ne résista pas, sa poigne se resserrant autour de mes cornes tandis qu'elle continuait à gémir. Sans ralentir mes attentions, je me redressai sur mes sabots, ma langue alternant entre plonger dans ma femelle et taquiner et lécher son petit bouton engorgé. Elle frotta son sexe contre mon visage, s'abandonnant à moi en toute confiance. Même si elle s'accrochait à mes cornes, et en dépit du fait que le matelas se trouvait à quelques pas derrière elle pour la rattraper en cas de chute, je soutins son dos d'une main tout en continuant à me délecter d'elle.

Bientôt, les jambes de ma conjointe se mirent à trembler

autour de mon visage, sa respiration devenant de plus en plus courte et bruyante alors qu'elle se rapprochait du gouffre. Le son de sa jouissance imminente fit palpiter mon membre. Puis elle leva les jambes en poussant un cri aigu. À la façon dont elle rejeta la tête en arrière lorsque son orgasme l'emporta, Lara serait tombée à la renverse si je ne l'avais pas retenue.

Je continuai à la lécher pendant qu'elle planait jusqu'à ce que les tremblements qui secouaient son corps commencent à s'estomper. Je la soulevai de mes épaules et embrassai lentement son corps tandis que je l'abaissais devant moi sans la remettre sur ses pieds. Au lieu de cela, je repris ses lèvres en marchant jusqu'au bord du lit et en m'asseyant. Je la posai sur mes genoux, face à moi.

Le visage encore empreint d'une brume lascive, Lara se tendit légèrement en sentant mon membre rigide. Elle se recula, jeta un coup d'œil entre nous, puis s'humecta les lèvres nerveusement.

— N'aie pas peur, ma conjointe, dis-je, la voix épaisse de désir. Je ne te ferai pas de mal. La nuit est jeune et nous avons tout notre temps. Nous irons à ton rythme et ne ferons rien de plus que ce qui te convient. Est-ce que tu comprends ?

Elle sourit et hocha la tête.

— Oui. Je te fais confiance. Je veux tout faire avec toi.

Mon cœur se gonfla de l'affection grandissante que je ressentais pour cette femme... ma femme. J'embrassai tendrement ses lèvres. La flamme brûlante qui s'était légèrement refroidie en réponse à son inquiétude se raviva lorsque la main de Lara se referma sur mon membre. Je hoquetai contre sa bouche, avant de rompre le baiser pour regarder vers le bas.

Elle m'explorait timidement, son toucher à la fois curieux et hésitant traçant les crêtes ondulantes des cinq anneaux à la base de mon membre. Lara s'arrêta sur le deuxième anneau en partant du bas, celui-ci étant beaucoup plus large et épais que les autres.

— C'est mon bulbe, murmurai-je en réponse à sa question

tacite. Une fois que tu auras accepté de devenir mon épouse, je l'utiliserai pour me nouer avec toi lorsque nous nous accouplerons. Cela augmentera nos chances de concevoir.

— Devenir ton épouse ? s'exclama-t-elle.

À ma grande joie, elle n'avait pas l'air horrifiée, mais affichait un mélange d'émerveillement et de surprise devant mes paroles.

Je hochai la tête.

— Les humains doivent se courtiser pendant une longue période avant de pouvoir faire leur demande en mariage. J'attends donc mon heure. Mais ne te méprends pas, ma Lara. Tu es à moi. Je vais t'épouser. D'ici là, je m'assurerai que tu ne voudras jamais d'autre mâle que moi.

En prononçant ces paroles, je soulevai légèrement Lara pour pousser mon membre en dessous d'elle, exposant mon *vylus*. Lara sursauta à la vue du petit appendice sur mon bassin, juste au-dessus de mon membre. En forme de pouce avec de petites bosses pour procurer des sensations supplémentaires, mon *vylus* pouvait osciller d'un côté à l'autre au rythme que je fixais volontairement pour masser les points sensibles de ma partenaire. Les femelles yurus n'avaient pas de clitoris comme les femmes humaines. Au lieu de cela, elles avaient un *vyltia* composé d'une demi-douzaine de petites bosses très sensibles en forme de mamelons au-dessus de leur fente. Nos femelles atteignaient rarement l'orgasme par la pénétration, mais quelques frictions de notre *vylus* contre leur *vyltia* les faisaient chavirer en un rien de temps.

Et le clitoris de Lara était sur le point de recevoir un traitement similaire.

Je pressai son bassin contre le mien. Dès que j'activai mon vylus, Lara poussa un cri guttural et ses ongles sur mes épaules s'enfoncèrent dans ma chair. Je poussai un grognement d'approbation, souhaitant qu'elle me griffe plus fort. J'accélérai le mouvement, une main se posant sur son dos pour la maintenir serrée contre moi. En quelques secondes, ma femme s'approcha à nouveau du gouffre. Lui tenant la nuque, je la penchai légèrement en arrière – ce qui eut pour effet de presser davantage son clitoris contre mon *vylus* – et je m'avançai pour lui sucer le mamelon droit.

À ma grande surprise, Lara s'empara de l'unique tresse qui retenait la moitié supérieure de mes cheveux et la tira assez fort pour m'obliger à relever la tête et à délaisser son sein. Avant que je ne puisse comprendre ce qui se passait, elle réclama ma bouche dans un baiser brutal tout en frottant son sexe contre le mien. Il y avait quelque chose de désespéré et de primitif dans la façon dont nos langues s'affrontaient et dont elle me touchait. Je mourais d'envie de la soulever et l'empaler sur mon membre avant de me perdre en elle.

Lorsque son deuxième orgasme la frappa de plein fouet, Lara cria contre mes lèvres, ses bras se resserrant autour de moi avec une force à laquelle je ne m'attendais pas de la part d'une personne d'apparence aussi fragile. Elle enfouit son visage dans mon cou tout en continuant à se frotter contre moi. Mes mains parcouraient tout son corps tandis que la chaleur de sa peau fiévreuse s'infiltrait en moi.

Ce ne fut que lorsque ses tremblements commencèrent à s'estomper que je l'allongeai enfin sur le lit. Je m'étendis à côté de ma femme, l'embrassant et la caressant, ma main s'aventurant vers le sud. Les yeux rivés à ceux de ma conjointe, j'insérai un doigt en elle, puis un second. Je les fis entrer et sortir, jusqu'à ce que ses parois se détendent un peu, avant d'insérer un troisième doigt.

Malgré le feu qui brûlait en moi, un soupçon d'inquiétude refit surface en voyant à quel point Lara était serrée. Prenant l'exemple de Zatruk et de Rihanna, je m'étais toujours senti confiant dans le fait que Lara et moi allions pouvoir nous unir facilement. Maintenant, je me demandais si je pouvais vraiment la pénétrer sans la blesser.

Comme si elle avait deviné les pensées troublantes qui me taraudaient, Lara poussa soudain sur mon épaule, me forçant à me mettre sur le dos. Elle grimpa sur moi, frottant son sexe sur le mien, l'enduisant de son essence. Mon souffle s'étrangla dans ma gorge lorsqu'elle aligna mon gland avec sa fente.

J'étais gêné d'admettre que j'avais demandé conseil à Zatruk quant à la façon de s'accoupler avec une humaine. J'avais perdu mon père à cause de la Rage de Sang lorsque j'étais enfant, pendant la dernière Grande Guerre des Yurus. Par la suite, je n'avais jamais vraiment eu de figure paternelle. Même si je ne considérais pas Zatruk comme un père – surtout parce que nous étions si proches en âge – il était devenu un peu comme un grand frère depuis que sa femme m'avait adopté comme petit frère. Malgré une conversation un peu gênante, il m'avait suggéré de laisser ma femme imposer son rythme et prendre autant de moi qu'elle le pouvait, au lieu d'essayer de m'insérer en elle.

Le fait qu'elle ait volontairement adopté cette approche m'amena à me demander si elle avait eu une conversation similaire avec Rihanna. Mais toutes ces pensées s'envolèrent rapidement tandis que je me reconcentrais sur ma conjointe et la sensation de son sexe autour de mon membre. Comme prévu, son corps résista farouchement à mon invasion. Elle était à peine parvenue à faire entrer mon gland en s'abaissant sur moi avant de se redresser un peu, puis de s'abaisser à nouveau.

Mes muscles abdominaux se contractaient douloureusement avec l'envie de pousser vers le haut pour m'enfoncer dans Lara. Grinçant des dents pour réprimer ce besoin, je glissai une main entre ses cuisses et massai doucement son clitoris tandis qu'elle continuait à s'efforcer de me prendre. Lentement, laborieuse- ment, elle me prit de plus en plus, ses parois intérieures compri- mant mon gland dans la plus exquise des tortures. Puis, alors que j'étais à moitié entré, son corps céda brusquement et je me retrouvai complètement enfoui. Nous criâmes tous les deux sous l'effet de la sensation de brûlure.

Je la serrai contre moi et embrassai son visage en lui murmurant des mots d'amour et d'encouragement, tout en donnant à son corps un moment pour s'adapter à ma taille. Je n'aurais pas pu dire combien de temps cela prit. Seul le besoin de protéger ma conjointe m'empêchait de sombrer dans une frénésie sexuelle.

Et puis ses parois intérieures commencèrent à se contracter autour de mon membre.

Je pris cela comme le signal pour commencer à bouger. Mes mains tenant chaque joue ronde de son postérieur, je la soulevai légèrement avant de me mouvoir prudemment vers le haut en elle. Ce premier coup de reins faillit me faire disjoncter. *Jaafan* ! C'était tellement bon en elle ! Les parois intérieures de Lara me serraient de tous les côtés, la chaleur brûlante de son fourreau attisant le brasier qui faisait rage dans mes reins.

Lorsqu'elle appuya ses mains sur mon torse pour se redresser, je craignis d'abord que ce soit la douleur qui l'ait incitée à mettre un peu de distance entre nous. À mon grand soulagement, ma femme se mit à onduler la taille au-dessus de moi. Les yeux fermés, les lèvres entrouvertes, sa respiration laborieuse se mêlant à ses gémissements, ma conjointe ressemblait à une déesse.

Même si j'accélérai progressivement le rythme, mes dents restèrent serrées tandis que je m'efforçais de ne pas donner libre cours à la faim insatiable que Lara faisait naître en moi. Je voulais la pilonner, envelopper de mon corps chaque centimètre de sa peau nue, sentir sa chaleur contre moi, me noyer dans son parfum délectable et savourer le goût salé de sa peau. Mais cette nuit était entièrement consacrée à *son* plaisir.

Toutefois, Lara semblait avoir une autre idée en tête.

Au lieu du rythme lent et contrôlé que j'avais établi, Lara accéléra ses girations sur moi, me demandant d'aller plus vite et de la prendre plus fort.

Je m'exécutai volontiers.

Ancêtres ! Je crus mourir de plaisir en m'enfonçant plus

profondément dans ma femme. Une flamme liquide tourbillon-nait dans ma région pelvienne avant de se répandre dans mes veines, embrasant chacune de mes terminaisons nerveuses. Le visage tendu par ce qui semblait être un plaisir insoutenable, Lara me fixait avec des yeux voilés, ses ongles s'enfonçant dans les touffes de fourrure de mon torse. Le claquement de nos chairs, les gémissements gutturaux de ma femme et mes grogne-ments presque sauvages envahirent la pièce.

Lorsqu'elle commença à trembler au-dessus de moi, son souffle laborieux s'échappant par à-coups plus rapides et plus courts, je mis mon *vylus* en mouvement. Il oscilla de gauche à droite à la vitesse maximale que je pouvais atteindre, massant le clitoris de ma conjointe à chaque coup de reins que je lui donnais. En quelques secondes, elle s'effondra sur moi en pous-sant un cri presque torturé.

Je l'entourai de mes bras, la serrant contre moi, la chaleur ardente de sa peau contre la mienne me brûlant comme un millier de soleils. Tout en embrassant son visage et son cou, je continuai d'entrer et de sortir par en dessous, mon *vylus* opérant sa magie sur son petit bouton. Ma conjointe n'eut pas le temps de redescendre de son orgasme avant qu'un autre ne s'abatte sur elle.

Cette fois, ses parois intérieures se resserrèrent brutalement sur mon membre dans un effort pour me forcer à atteindre mon propre paroxysme tandis qu'elle chavirait. Cela fit exploser quelque chose en moi.

Avec un rugissement sauvage, je nous retournai et m'enfonçai en elle en un seul puissant mouvement. Planant encore et à moitié étourdie, Lara hoqueta à peine en réponse à mon invasion brutale. Elle s'accrocha à moi tandis que je la pilonnais avec un abandon débridé, mes gémissements wents ressemblant plus à des grognements sauvages à mes propres oreilles.

Jaafan ! Je me sentais au bord de la combustion, mon esprit au bord de la rupture. C'était trop, trop intense. Et pourtant, j'en voulais plus. Les mains de ma femme partout sur mon corps, sa voix haletante scandant mon nom et me suppliant de ne pas m'arrêter me plongèrent dans un état de frénésie. Mes testicules se soulevèrent et une chaleur presque douloureuse s'installa dans mes reins alors que le besoin d'atteindre l'orgasme me tenaillait.

Mais je ne ferais ce voyage qu'avec ma Lara.

Alors que mon *vylus* s'emballait sur son clitoris, je changeai d'angle jusqu'à ce que mon membre touche ce point sensible légendaire à l'intérieur d'une femme humaine. En seulement quelques poussées supplémentaires, le corps de Lara se mit à trembler. Elle cria mon nom, ses ongles s'enfonçant dans le bas de mon dos tandis que ses parois intérieures semblaient vouloir me broyer.

Cette fois, je joignis ma voix à la sienne et rugis ma délivrance.

Je m'enfonçai profondément en elle et l'extase dans sa forme la plus pure jaillit de moi par vagues. Ma tête tourna et ma peau me picota. Je demeurai immobile quelques secondes pour me ressaisir, puis je me penchai pour reprendre les lèvres de ma conjointe tout en recommençant à me mouvoir en elle jusqu'à ce que la dernière goutte de ma semence soit déversée.

Anéanti, je me laissai tomber sur le côté et roulai sur le dos, attirant ma femme sur moi par la même occasion. Inarticulée, Lara reposa sa tête sur mon torse, une expression de béatitude sur le visage tandis qu'elle continuait à frissonner contre moi.

— Tu es à moi, Lara, dis-je, mes paroles embrouillées. Je ne te laisserai jamais partir.

Même si elle ne parla pas, sa voix s'étant probablement brisée à force de crier, elle resserra son étreinte autour de moi et embrassa mon torse.

Je souris.

ÉPILOGUE
LARA

Les mois suivants se déroulèrent comme dans un rêve. Wonjin était vraiment le petit ami idéal. Rien ne l'effrayait et il était ouvert à tout. Que je veuille faire du rafting ou me blottir avec lui sur le canapé en regardant un film romantique, mon homme était partant. Au début, j'avais craint que ce ne soit le signe qu'il était un peu soumis. Heureusement, je ne pouvais pas me tromper davantage. Wonjin n'était pas un paillasson. Il n'hésitait pas à s'exprimer lorsqu'il n'était pas d'accord. Mais son esprit curieux trouvait toujours quelque chose à apprendre dans chaque expérience.

S'il adorait les films d'action et d'arts martiaux, en particulier ceux qui mettaient en scène un combattant amateur qui accédait à la célébrité, il appréciait également les films romantiques. Il appelait cela de la recherche pour mieux comprendre les rituels de séduction humains. Lorsque je lui faisais remarquer qu'il avait déjà séduit la femme qu'il voulait, il me répondait que la séduire n'était que la première étape. La garder était le véritable défi. Et il avait la ferme intention de me garder.

Cela me fit-il fondre et ressentir toutes sortes d'émotions chaudes à l'intérieur ? Oui, absolument !

Le fait que nos soirées cinéma se terminent généralement par un marathon sexuel endiablé ne nuisait évidemment pas à la situation. Mais bon, tous les prétextes justifiaient qu'on s'envoie en l'air comme des lapins.

Dire que j'avais été terrifiée à l'idée d'avoir une relation intime avec lui ! Certes, il était littéralement monté comme un taureau, mais il était toujours si attentif à moi et à mes besoins que je ne m'étais jamais sentie aussi en sécurité. Les orgasmes en chaîne étaient aussi un bonus considérable. Wonjin faisait chanter des arias à mon vagin tout au long de la nuit. Je ne me souciais plus de marcher de travers le matin et que quelqu'un le remarque.

Certes, les choses avaient été un peu difficiles au début, à Kastan. Nous étions une petite colonie d'à peine trois mille âmes. Tout le monde se connaissait. Compte tenu des interactions violentes entre nos peuples, de nombreux humains continuaient d'éprouver du ressentiment et de la méfiance à l'égard des Yurus. Si personne n'osait me faire de remarques désobligeantes en face, je n'en avais pas moins remarqué les regards désapprobateurs et la froideur de certains d'entre eux.

Dire que cela ne m'avait pas dérangée aurait été un mensonge. Cependant, si je considérais les choses objectivement et non comme la partie « lésée », une part de moi comprenait leur point de vue. À leur place, si j'avais vécu exclusivement à Kastan, sans l'interaction constante avec les Yurus dont je bénéficiais grâce au projet, j'aurais probablement aussi regardé de travers toute personne qui aurait commencé à coucher avec nos anciens ennemis.

Heureusement, les choses évoluèrent progressivement au cours des deux derniers mois, même s'il allait falloir beaucoup plus de temps avant que la confiance et l'acceptation ne s'installent pleinement entre nos peuples. Tout cela était dû au fait qu'un plus grand nombre de Yurus passaient du temps à Kastan. Comme ils allaient assurer la sécurité du village lorsque les invités et les visiteurs arriveraient pour l'ouverture de l'arène, le reste de la colonie avait plus souvent l'occasion d'interagir avec eux.

Même s'ils n'avaient pas apprécié les Yurus, cela n'aurait rien changé. J'étais éperdument amoureuse de mon Wonjin. En fait, cela faisait des semaines que je n'avais pas dormi dans ma maison de Kastan. La moitié de mes vêtements avaient élu domicile dans la penderie de Wonjin, qu'il avait agrandie pour me faire de la place, car les Yurus n'avaient pas vraiment de garde-robe.

J'avais officieusement emménagé avec lui. Franchement, j'attendais avec impatience qu'il rende les choses officielles, mais il ne semblait pas particulièrement pressé de le faire, ce qui me rendait nerveuse. Mateo Torres, qui était le chef de notre colonie et le père de Luana, m'avait demandé, de façon peu subtile, si j'envisageais de louer ma maison aux dignitaires et aux visiteurs fortunés qui viendraient assister aux tournois dans l'arène. Elle était spacieuse, élégante et parfaitement située au cœur de Kastan, à proximité de toutes les commodités et de tous les lieux de divertissement du village.

Je serais plus que disposée à m'en départir pour commencer ma nouvelle vie à Mutarak avec Wonjin. Si seulement ce misérable mâle se décidait à passer à l'action ! Je blâmais tous les films romantiques que nous avions regardés ensemble et qui prônaient toujours une longue période de fréquentation suivie de fiançailles encore plus longues. Où était Kayog quand on avait besoin qu'il confirme qu'on était le couple parfait ?

Après un dernier regard critique dans le miroir, je hochai la tête d'un air satisfait de ma tenue. Le long pantalon noir épousait ma taille et mes hanches de la manière la plus flatteuse qui soit. Mon haut noir sans manches, au décolleté plongeant, donnait un aperçu sexy de ma poitrine sans tomber dans la vulgarité. Une simple chaîne en or, des boucles d'oreilles et un bracelet assortis complétaient l'ensemble. Le choix de ma coiffure avait été le plus grand défi. Wonjin adorait glisser ses doigts dans mes cheveux. Pour cette raison, j'avais longuement hésité entre un chignon ou les laisser tomber librement. Mais comme mon haut avait aussi un dos très révélateur, j'optai pour un chignon désordonné.

Je me dépêchai de me rendre chez mes parents, la demeure étant située à un pâté de maisons de chez moi, afin que nous puissions nous rendre ensemble à l'arène pour l'inauguration de ce soir. Wonjin était déjà sur place, en train de mettre la dernière main aux préparatifs avec Zatruk et le reste de son clan.

La vitesse à laquelle la porte s'ouvrit lorsque je frappai trahit l'impatience et l'excitation que mes parents ressentaient à l'idée d'assister enfin au fruit de plusieurs mois d'intense collaboration entre les trois espèces dominantes de Cibbos. L'avenir de cette planète, et en particulier des Yurus, dépendait de la réussite de cet événement.

Mon sourire chaleureux se dissipa instantanément à la vue de l'expression peu impressionnée de mon père lorsqu'il me regarda.

— Quoi ? demandai-je, me demandant ce que j'avais bien pu faire de mal cette fois-ci.

— Pourquoi es-tu toute couverte avec ce pantalon long ? demanda mon père d'un ton désapprobateur. On n'est pas en hiver. Tu as de jolies jambes. Montre-les.

— Ce pantalon est flatteur pour ma silhouette ! m'exclamai-je, choquée que mon très conservateur de père souhaite que je montre plus de peau. Franchement, je m'attendais à ce que tu te plaignes que mon haut est trop révélateur !

Il émit un son dédaigneux et fit un geste vague de la main.

— Ton petit ami n'est pas humain. Ne vois-tu pas qu'il te dévoile ses attributs en ne portant qu'un pagne ? Les femelles de son espèce se couvrent également très peu. Comment vas-tu l'amener à t'épouser si tu continues à t'habiller comme une nonne cloîtrée ?

— Quoi ? Je ne...

— Ton père a raison, dit ma mère en m'interrompant d'une voix sévère. À Rome, il faut faire comme les Romains. Cela fait plusieurs mois. Tu vis pratiquement sous son toit, et il ne t'a pas demandée en mariage. Je vais y remédier.

Je demeurai abasourdie tandis que ma mère m'attrapait par la main et me traînait presque jusqu'à leur chambre. Sans voix, je la regardai fouiller dans sa penderie avant d'en sortir une jupe noire.

— Maman, il ne suffit pas de changer de vêtements pour que Wonjin me demande en mariage ! Nous ne sortons ensemble que depuis six mois. Sur Terre, les humains se fréquentent pendant des années avant de prendre ce genre d'engagement !

— Nous ne sommes pas sur Terre, et il n'est pas humain, dit-elle d'un ton sans appel. Mets ça.

— Mais...

— *Maintenant*, Lara, dit ma mère en tendant la jupe vers moi avec l'air de dire « Tu n'es pas trop vieille pour que je te rougisse les fesses si tu n'écoutes pas ».

Je faillis la mettre au défi d'essayer de me donner une fessée, mais la jupe était vraiment belle, et c'était la préférée de ma mère. Elle ne m'avait jamais laissée la porter, même si je le lui avais demandé par le passé. Il s'agissait d'une jupe asymétrique en mousseline de soie noire qui s'accordait parfaitement avec mon haut. Comme ma mère était plus petite que moi d'une bonne tête, la jupe me tomberait à mi-cuisse au lieu d'être au genou comme c'était le cas pour elle.

Je me mordillai la lèvre inférieure, mon côté obstiné et indépendant voulant refuser par principe, mais mon autre côté, qui avait toujours voulu porter la jupe, me criant d'accepter.

— Lara ? répéta sévèrement ma mère en agitant la jupe devant moi.

— Très bien, espèce de brute ! dis-je en lui prenant la jupe. Mais seulement pour maintenir la paix.

D'après le regard que Maman me jeta, elle ne croyait pas à

mon argument. À vrai dire, je m'en fichais un peu. J'enfilai la jupe et dus admettre qu'elle me donnait un charme fou.

— Au fait, cette jupe s'appelle « reviens », me prévint ma mère.

Je lui adressai mon regard le plus innocent avec un sourire mielleux.

— Bien sûr. Tu devras juste me rappeler de la rapporter si j'oublie.

Ma mère me lança un regard noir, s'en voulant sans doute de m'avoir prêté sa jupe préférée.

— Maintenant, allons-y. Nous ne voulons pas être en retard, dis-je.

Je roulai des yeux devant le regard approbateur que me lança mon père lorsque nous sortîmes de la chambre. Même si je me réjouissais que mes parents aient si bien accepté Wonjin, cela me dérangeait qu'ils comptent les jours jusqu'à ce que nous soyons officiellement mariés. J'aurais aimé qu'ils ne me stressent pas à ce sujet. Je croyais sincèrement que Wonjin était amoureux de moi, mais leurs commentaires attisaient mes inquiétudes. Ce n'était pas comme si nous sortions ensemble depuis des années et qu'il me faisait encore marcher. Les derniers mois avaient également été très occupés par les préparatifs pour l'ouverture de l'arène. Donc...

Poussant un soupir, je conduisis mes parents jusqu'au service de navettes que nous avions mis en place dans le village, avec des vols directs vers l'arène et les principaux sites et pôles touristiques que nous avions aménagés en prévision de l'arrivée de nos invités et visiteurs. J'avais voyagé à bord de ces navettes à plusieurs reprises au cours des derniers mois, mais le fait de les voir enfin servir à de vrais clients me remplissait de fierté, car j'avais fait partie de l'équipe qui les avait conçues.

Un mélange de peur et d'excitation m'envahit lorsque nous pénétrâmes dans l'arène par l'entrée privée réservée au personnel et aux membres du clan. Un agent de sécurité humain – l'un des nombreux étrangers qui avaient accepté des offres d'emploi sur Cibbos dans l'espoir d'une vie meilleure – nous conduisit jusqu'à la loge VIP, qui offrait une vue imprenable sur l'ensemble de l'arène.

J'y trouvai Rihanna, Graith – le leader des Zelconiens – ses principaux Conseillers Skieth et Dakas, Luana, Mateo, le Conseiller Allan, Jerdéa et Wonjin. Mon homme se leva immédiatement de sa chaise, un regard émerveillé sur son visage en découvrant mon apparence. Il vint promptement m'accueillir à la porte en m'embrassant tendrement, avant de présenter ses respects à mes parents. Me tenant par la main, il nous conduisit à nos places. Je m'arrêtai en chemin pour saluer les autres avant de me poser. Tout le monde partageait le même air d'émerveillement et d'excitation que moi.

Le silence s'abattit sur la foule lorsque la cérémonie d'ouverture débuta avec des danses hautement chorégraphiées et des effets visuels époustouflants, le chant envoûtant des Zelconiens, des démonstrations aériennes et des acrobaties à couper le souffle impliquant les zébis, leurs cavaliers humains et les Zelconiens.

Après le dernier spectacle, les gladiateurs intergalactiques défilèrent dans l'arène. Je ne pus m'empêcher de secouer la tête en voyant Wonjin s'agiter, la lueur prédatrice dans ses yeux sombres indiquant qu'il était impatient de se battre avec nombre d'entre eux. Je fis taire les inquiétudes qui persistaient à l'arrière de ma tête, car je craignais qu'il ne se blesse grièvement pendant les compétitions. Cependant, les mesures de sécurité que nous avions mises en place permettaient d'en apaiser la plupart. La principale d'entre elles était la présence de Zelconiens dont les capacités empathiques les avertiraient si un combattant avait l'intention d'enfreindre les règles ou d'utiliser des tactiques sournoises susceptibles de causer de graves blessures.

Une fois tous les gladiateurs dans l'arène, nous observâmes, médusés, de gigantesques morceaux de deuténium moulés au-dessus de nos têtes tourner et pivoter, se rapprochant les uns des autres pour former un masque immense de Mugrak, le dieu de la guerre des Yurus. Ses yeux, faits de cristaux zelconiens rouges, s'illuminèrent, me faisant frissonner.

Ma main se glissa dans celle de Wonjin tandis que Zatruk s'adressait à la foule depuis l'estrade surplombant l'arène. Son accueil fut bref et direct, ses avertissements sévères et son excitation palpable.

— Les règles sont peu nombreuses mais seront strictement observées. Enfreignez-les et nous serons heureux de vous faire comprendre votre erreur. Combattez férocement et avec la fierté de vos ancêtres. Gagnez avec honneur. Perdez avec grâce. Affrontez les meilleurs et entrez dans l'histoire, dit Zatruk en conclusion.

La foule se mit à applaudir à tout rompre, tandis que de nombreux gladiateurs quittaient l'arène. Ceux qui restèrent se préparèrent pour le premier round qui allait débuter dans les plus brefs délais. Quelques instants plus tard, Zatruk nous rejoignit dans la loge VIP. Il se dirigea vers sa conjointe, la soulevant comme si elle ne pesait rien – ce qui était probablement le cas pour un mâle de sa force colossale – et lui écrasa les lèvres dans un baiser passionné.

Ma gorge se serra d'émotion devant le tableau saisissant qu'ils formaient. Elle était aussi petite et foncée qu'il était immense et pâle à cause de son albinisme. Mais tout en eux et dans cette étreinte criait l'amour infini et le triomphe total sur l'adversité.

Je jetai un coup d'œil à Wonjin et fus consternée de constater qu'il me fixait intensément, l'expression la plus étrange sur son visage.

— Tu sais que je t'aime, n'est-ce pas, ma Lara ? demanda Wonjin, la voix pleine de tension.

— Oui, Wonjin. Et je t'aime aussi. De tout mon cœur, dis-je, mon pouls s'accélérant soudain.

Il leva une main énorme, la posa sur ma joue avant de caresser doucement mes lèvres avec son pouce.

— Tu es tout ce que je veux, maintenant et toujours, murmura-t-il, ses yeux oscillant entre les miens.

— Tu es aussi tout ce que je veux, répondis-je, mon pouls s'accélérant davantage.

Il sourit, son visage intimidant se fondant dans un air d'amour pur et d'adoration qui me mit sens dessus dessous.

À ma grande surprise, il se leva d'un bond et saisit ma main. M'entraînant à sa suite, il se dirigea vers mes parents, assis sur la rangée de sièges surélevés derrière nous. En voyant l'expression tendue de Wonjin, mon père se leva, rapidement imité par ma mère.

— Wonjin ? demanda mon père d'un ton interrogateur.

En voyant ses oreilles commencer à s'agiter frénétiquement, ma mère serra nerveusement les mains devant elle, les yeux écarquillés, tandis que mon estomac effectuait une série de sauts périlleux. Je pouvais à peine entendre mes propres pensées troublées à travers la clameur des gladiateurs qui s'affrontaient en bas et le tonnerre de mon cœur battant dans mes oreilles.

— M. Kimura, dit Wonjin, sa voix grave légèrement tremblante comme je ne l'avais jamais entendue auparavant. Je sors avec votre fille depuis plusieurs mois maintenant.

— C'est vrai, répondit mon père, le corps tendu malgré sa voix et son expression neutres.

— Je l'aime de tout mon être. Cela ne fait pas très longtemps selon les coutumes humaines, mais mon cœur est certain qu'elle est l'élue. Ainsi, avec votre permission, j'aimerais demander Lara en mariage, dit Wonjin, dont les battements d'oreilles passèrent à la vitesse supérieure, à tel point qu'il se frappa l'oreille gauche en signe d'agacement, ce qui n'arrangea rien.

Sans attendre la réponse de mon père – non pas que ce fût à lui de prendre la décision – je poussai un cri et me jetai dans les bras de Wonjin. Il m'enlaça instinctivement. Je le regardai, des larmes de joie perlant dans mes yeux.

— Bien sûr qu'il est d'accord, répondis-je à la place de mon père. *Je* suis d'accord.

Le visage de Wonjin fondit d'amour, un sourire se dessina sur ses lèvres avant qu'il ne se raidisse et jette un regard inquiet à mon père. Alors que Maman ne faisait aucun effort pour cacher sa joie, Papa affichait son air le plus nonchalant, comme si de telles démonstrations étaient indignes de lui. Mais je le connaissais suffisamment pour savoir qu'il hurlait de bonheur au fond de lui.

— Il semble que ma fille veuille de toi, dit mon père d'un ton détaché. Alors oui, tu as ma bénédiction.

Wonjin marmonna un remerciement avant de me soulever comme Zatruk l'avait fait avec Rihanna, et de réclamer ma bouche dans un baiser passionné tandis que les autres invités de la loge VIP nous applaudissaient et nous félicitaient.

Lorsque Wonjin mit fin au baiser, un mouvement à la limite de ma vision attira mon attention. C'était ma mère qui arborait un air suffisant.

— Je t'avais dit que la jupe marcherait, dit-elle silencieusement en la pointant du doigt.

J'éclatai de rire avant de reporter mon regard sur mon conjoint et de frotter mon nez contre le sien.

— Je t'aime, murmurai-je.

— Je t'aime encore plus, répondit-il avant de m'embrasser à nouveau.

FIN.

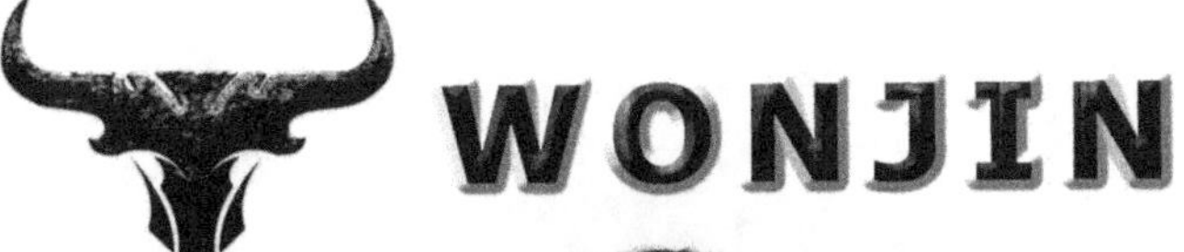

WONJIN

ZATRUK

ZÉBIS

KROGI

Si mon livre vous a plu, s'il vous plaît, prenez le temps d'écrire un petit commentaire sur Amazon et Goodreads. C'est important pour nous !

CHRONIQUES DE VÉRÉDIA

Fuite du Destin

Destin Aveugle

Élever Amalia

Aléas du Destin

Mains du Destin

Défier le Destin

GUERRIERS XI

Doom

Légion

Raven

Bane

Chaos

Varnog

Reaper

Wrath

Xénon

Névrik

Rogue

BRAXIA

Anton's Grace

Ravik's Mercy

Krygor's Hope

LA BRUME

Le Mistwalker

Le Cauchemar

AGENCE PRIME

J'ai Épousé Un Homme-Lézard

J'ai Épousé Un Naga

J'ai Épousé Un Homme-Oiseau

J'ai Épousé Un Minotaure

J'ai Épousé Wonjin

J'ai Épousé Un Triton

J'ai Épousé Un Dragon

J'ai Épousé Une Bête

J'ai Épousé Une Dryade

VALOS OF SONHADRA

La cité de Glace

Prison de Glace

CONTES OBSCURS

La Malédiction de Barbe Bleue

Le Bossu

AUTRES

Un Alien Pour Noël

Coeur de Pierre

Résurgence Alien

Livres en anglais

OTHER

True as Steel

Dark Swan

À PROPOS DE RÉGINE

USA Today bestselling author Régine Abel est friande de romance futuriste, paranormale et fantaisiste. Ses livres contiennent toujours un peu de magie, des éléments inusités et un couple passionné. Elle aime inventer des héros aliens sexy et des héroïnes intelligentes et fortes qui évoluent dans des mondes fantastiques à travers une histoire remplie d'action, de rebondissements et de mystère.

Avant de se vouer à l'écriture à temps plein, Régine s'était livrée à ses autres passions : la musique et les jeux vidéo ! Après avoir œuvré pendant une décennie en tant qu'ingénieure de son en doublage de films et lors de concerts, Régine est devenue game designer puis directeur créatif en jeux vidéo, une carrière qui l'a menée de son pays de résidence, le Canada, aux États-Unis puis dans divers pays d'Europe et d'Asie.

Facebook

https://www.facebook.com/regine.abel.author/

Site Web

https://regineabel.com

Regine's Rebels Reader Group

https://www.facebook.com/groups/ReginesRebels/

Newsletter

http://smarturl.it/RA_Newsletter

Goodreads

http://smarturl.it/RA_Goodreads

Bookbub

https://www.bookbub.com/profile/regine-abel

Amazon

http://smarturl.it/AuthorAMS